总有烟火在心头

张 喆 / 著

山西出版传媒集团 北岳文艺出版社
BEIYUE LITERATURE & ART PUBLISHING HOUSE

· 太原 ·

图书在版编目（CIP）数据

总有烟火在心头／张喆著. — 太原：北岳文艺出版社，2023.9

ISBN 978-7-5378-6667-5

Ⅰ. ①总… Ⅱ. ①张… Ⅲ. ①散文集–中国–当代 Ⅳ. ①I267

中国国家版本馆 CIP 数据核字（2023）第 006471 号

总有烟火在心头

张喆／著

//

出品人

郭文礼

项目统筹

刘文飞

责任编辑

武慧敏

印装监制

郭　勇

出版发行：山西出版传媒集团·北岳文艺出版社
地址：山西省太原市并州南路 57 号　邮编：030012
电话：0351-5628696（发行部）　　0351-5628688（总编室）
传真：0351-5628680
经销商：新华书店
印刷装订：成都兴怡包装装潢有限公司

开本：880mm×1230mm　　1/32
字数：166 千字
印张：6.625
版次：2023 年 9 月第 1 版
印次：2023 年 9 月成都第 1 次印刷
书号：ISBN 978-7-5378-6667-5
定价：58.00 元

作者简介 *About the author*

　　张喆，本名张艳丽。河南信阳人，现居深圳。作品散见《十月》《星星》《扬子江诗刊》《人民文学·增刊》《四川文学》《星火》《语文导报》《诗潮》《鸭绿江》《羊城晚报》《南方日报》《南方工报》等报纸杂志。获奖100余次。获第三十届"东丽杯"孙犁散文奖。著有长篇小说《楼村，楼村》。

自序：追梦而行

活到一把年纪，还是难以跟人打交道，或者说，是害怕与人打交道。我知道，这一切都是因为缺乏自信。当缺乏自信的人接到龙华作协抛来的橄榄枝时，有那么一瞬间，我简直以为是在做白日梦，感动与激动交织在一起。因为我知道，不管是从财务上还是精力上来说，单靠个人，出书是很难实现的。

我来自乡村，也喜欢乡村。但乡村仅凭土地，很难养育富余的劳动力，紧跟着时代潮流，我们踏上了背井离乡的打工路。所以，我的作品大致可以分为两类，一类有乡村的痕迹，一类有打工的痕迹。

在乡村，我熟悉门前的一草一木、一麦一谷……彼时，我绝对没有想到，乡间的一切在日后会成为笔下诸篇散文的题材，比如《我们的年》《乡土情二章》等，写的都是我热爱且熟悉的乡村故事。

乡村，在一代接一代人外出打工后，发生了很大的变化，这些变化既有好的一面，也有坏的一面。好的一面是家庭收入增加了，生活水平显著提高；坏的一面是出现了大量的留守儿童与空巢老人。每年春节一过，村庄随即变得寂静，这种寂静像一把刀，插在我的心上，让我无法呼吸。

留守儿童与空巢老人，是一种社会性的问题，在写作过程中，我没有刻意避开他们。我时刻铭记着一句话："如果一个作家，整天光喊口号，不关注民生，不书写疾苦，那么这个作家就是伪作家，而且擅于制造谎言。"

我虽不敢自诩为作家，但我至少是一个写作者。我始终认为，如果一个写作者天天关注"高大上"的问题，那么他就脱离了实际。

因为父亲意外摔伤，空巢老人的问题终于摆在我的眼前，他急需人照顾护理……回到乡下老家时，从村头走到村尾，我目力所及之处，全是一个个老人，他们麻木茫然的样子让我内心感触很深。我一方面痛惜我们年轻一代的离去，一方面又为我们无力改变的现实而纠结。

返回广东后，我夜不能寐，含泪写下了三万多字的《余生悲凉》。在写作的过程中，我遵从内心的想法，真实地记录所见所感。

最初的广东，要居住证，要暂住证，没有证件你寸步难行……所以，我们初到深圳时，遭受过各种各样的区别对待。进工厂打工，天天加班加点，我们在流水线上度过了青春年华。这部散文集中，《门前的白花河》都是我打工生活的缩影，从某种意义上讲，这也是时代的缩影。

打工，是时代的产物，在此过程中发生的许多故事，汇于笔尖下，呈现出打工者的困顿挣扎、迷茫奋斗……这是一部时代之歌，无论唱响的还是传诵的，都是时代之音。

作为一个离乡的劳动者，在奋斗拼搏的道路上，尽管我也曾迷茫过、灰心过，但最终，我还是努力向上，从故乡到异乡，追梦而行。

目 录

目
录

桂林游记

　　人间四月，这个时候天气尚好，既没有倒春寒来袭，又没有炎炎烈日。在这不冷不热、万物复苏、鲜花绽放的时节，特别适合旅行。若再遇见美丽浪漫的山水，整个人就不免沉醉其中了。

　　谋划已久的休假终于来临。最初，我本不打算去桂林，谁料在4月12日这天，我竟带着一颗忐忑的心，与朋友杨晓婷一家三口正式跟旅行团走了。

　　一路从桂林訾洲到阳朔县再到荔浦市，走马观花地看了象山漓江，去了荔浦市银子岩，又坐轮船去了燕子湖，最后一站是日月双塔。跟团旅行虽然累，但也省去了自己找车问路的麻烦，省下了许多时间。

　　此时的桂林，雨水特别多，东边下雨西边晴，倒也别有一番风情。沿途的樟树、桂树郁郁葱葱，荡漾摇曳，阵阵香气沁人心脾。这里山头众多，形貌各异，每一个山头看似分开，其实底部都是相连的。

　　面对桂林的山山水水，你会不由得惊叹大自然的鬼斧神工，怪石嶙峋，清水泱泱，使人如在仙境。特别是我们近距离接触的元宝山，傍着漓江，一场雨歇之后，那云蒸霞蔚的景观让人大开眼界。

附近的山头，一个挨着一个，似大鱼，似人，似蛇，似骆驼……半山腰上雾气缭绕，像白云一样飘来荡去，真的令人疑心到了瑶池仙境，可以腾云驾雾一番。这个元宝山，还是我们 20 元人民币上的图案。正因如此，许多人手持 20 元纸币，与背后的元宝山合影，作为留念。

这样的景色，令人流连忘返，每个景区都挤满了人，每个渡口都排队如长龙。

抛开这些暂且不提，这趟旅行，最让我震撼的就是银子岩溶洞景区。

我在网上查了一下，银子岩溶洞是一个天然溶洞，是目前桂林范围内公认最美的岩洞，是典型的喀斯特地貌，属层楼式溶洞，洞内汇集了不同地质年代发育生长的钟乳石（也称石钟乳）。

从外观上看，银子岩就是一座大山，山上绿色植被很多，有樟树、榕树、桂树、篁竹等。它的周围有村寨，旁边有滨湖，可谓山光水色各不同。加上来自四面八方的游客，摩肩接踵，也是一个景观。

进入溶洞，洞内的光线幽暗，顿时感觉温度低了许多。一路上钟乳石随处耸立，远近高低各不同，明暗不同、色彩各异的灯光，打在钟乳石上，红的红，蓝的蓝，平添了几分神秘感。溶洞内游客太多，几乎没有转身的余地，脚下只有一条人工的石板栈道，一路铺开，迂回曲折。从低处走到最高处，大概有四五层楼那么高。站在最高处往下看，洞内有一条暗流，水似乎不流动，清澈透明；再往头顶上看，有钟乳石倒挂下来，让人看得头晕目眩。不知上面究竟还有多高，上下都深不可测一般。

随时可以触碰抚摸的钟乳石，一路惊得我忘了身在何方，脑海中不时地冒出《红楼梦》中的"太虚幻境"一词，自己也惊出一身冷汗。

这些高矮胖瘦各不同的钟乳石，颜色银白，有的在脚边，有的在手边，有的悬挂在头顶，或独立一块或一堆成林。有的像白花花的银子，有的像瀑布一样挂着，有的像母亲的乳房，有的像坐在那里的人群，有的似连体的情侣，有的像棉被，有的似蝴蝶飞舞……一些钟乳石旁放了铭牌，有"音乐石屏"，敲一下这片薄薄的钟乳石幔，就有音乐声传出来；"广寒深宫"，不用解释，大家也会想到，自然似嫦娥，似白兔；还有的地方叫"佛祖论经""独柱擎天"……令人目不暇接、眼花缭乱。

这些钟乳石真是形象逼真、栩栩如生，你不得不惊叹大自然造物的神奇。无论你用什么来形容，都让人感觉还是没有形容出它们的妖娆、美丽、奇特与壮观。

总之，这片山洞中的这些钟乳石，只有你想不到的模样，没有它成不了的形态。

偶尔有滴水从头顶的钟乳石上"滴滴答答"落在脚下，落在一条小小的河流上。洞内，不经意处，总能碰上一弯弯小溪，我不知这些小溪是不是相通的；地形的起伏波折太大，拐弯又多，走了这一步，不知下一步往左还是往右，里面如同迷宫，你永远猜不出下一步。这些水流汇聚的地方，清亮得如同镜子，倒映着乳石与人影。我不停地拍照，我和杨晓婷不断地被人群挤散冲开又会合，有时她的儿子转眼又不见了，我们顾不得形象，大声地叫喊。

银子岩溶洞贯穿十二座山峰，在忽明忽暗中，我们走了近两个小时，行程两公里，出来的时候全身湿透。不得不说，这是一次极好的蒸汗桑拿模式体验。

晚上，我们乘兴去了阳朔西街，这是一个外国人出没的地方，也叫"洋人街"。这条街是县城最古老最繁华的街道，短短不过数百米，云集着酒店、酒吧、蜡染等娱乐的店铺，每个店铺的名字都是那么有特色，有的叫"撩妹"店，有的叫"八元出售老板娘"……这条街道主要是以吃食为主，许许多多的小吃让人涎水直流。作为"吃货"的我们，自然是大饱口福。

在一个名为"梦幻"的酒吧里，我们三个大人一个小孩饮了一些酒水，吃了一些水果，尽情地唱了几支歌。每个人都是那么投入，那么开心。所谓知己不在多，二三足矣。回想这一路杨晓婷抢着买单的情形，与身边一些人相比，她一个女人，如此豪爽。认识她，我只想说，足以告慰平生。

从桂林回来后，有好几天我都是恍惚的。都说桂林山水甲天下，真不枉此次旅行。一场好的旅行，能使人放松自己的身心，忘却红尘中的烦恼，沐浴在大自然的怀抱中，呼吸着新鲜的空气，重新变得激情饱满、信心十足。

一场身心愉悦的旅行，仿佛重生，仿佛忘却，让自己，让生活，轻装上阵。

登山者随想

我喜欢繁华背后的寂寥，也喜欢独处时的热闹。每隔一段时间，我总会想方设法化解生活中的种种烦恼与压力，而登山恰恰稀释了尘世的苦闷。

在岭南多年，从深圳到东莞再到惠州，身边的山脉几乎都有我的足迹，比如梧桐山、凤凰山、羊台山、九洞山、罗浮山等。

一次次登山，一次次回望昨天、眺望明天。

一

2016 年 1 月 24 日，这是令人永远难忘的一天。

这天一大早，打开微信朋友圈，铺天盖地的信息，全是与雪有关的。"好开心呀，广东也下雪了，快起床看雪。"老家来的信息更搞笑："听说，你们广东也下雪了，不要把霜当雪呀！"我差点笑出声来，看着屋外洁白的沙子，像一个个小精灵，在地上跳跃着，忍不住也发一条："管它是霜还是雪，反正来了雪籽也是雪。"

雪花或者说雪粒落在祖国南端的广东，显得弥足珍贵。因为这场雪的到来，所有广东人或者在广东生活的人，都开启了一场前所未有的狂欢。

谢岗镇的文友林姐打电话过来："你在深圳还是东莞？一起上银瓶山顶看雪，新闻上报道银瓶山有冰挂凌花。"

那天我恰好在谢岗分厂。经她这么一相邀，我便也跃跃欲试。雪中上银瓶山，上东莞最高峰，这生活真是太疯狂了！海拔898米的原始森林，山高风大，气温更低，这样的天气，山顶有冰挂凌花，肯定不假。

在深圳时，时常听说东莞市东部有个银瓶山森林公园。资料显示，它包括南面管理区、窑山管理区和谢岗镇林场，总面积为2518.3公顷。公园有石鼓水库、岭南佳果园、外星坑孔雀瀑布、双叠瀑布群等景点。

据说每年春天，禾雀花会开满银瓶山的沟沟洼洼，山上林木葳蕤苍翠，山峦起伏绵延，鸟叫蝉鸣蛙鸣分布其间，下小雨的时候有小瀑布，下大雨的时候有大瀑布，仿佛银白的珠帘从天而降……这些构成了保护区独特的自然景观，再加上当地民间传说，银瓶山在我心目中充满了神奇色彩和魅力。

这样一座美丽的山脉，让爱登山探险的我，不由得心驰神往。

与银瓶山的机缘说来就来了。

那是2008年夏季，我被深圳总厂派往谢岗分厂巡线。在新的地方刚安顿好自己，便带着心愿与梦想，在一个周末与同事云云兴致勃勃地爬山，挑战自我。也曾有那么几次，我一个人默默地背起背包，带上干粮、水，进入银瓶山腹地，与山水为友，与空灵为伴，在鸟鸣啁啾的深山中独自流连徘徊一整天。

其实，像我这样的人并不少。在生活质量不断提高的同时，人们也开始注重保健养生，时不时地登山探险，去森林里呼吸新鲜空气。我加入了一个三十八人的驴友群，群里的人真的很疯狂，他们走过了中国的许多山川河流，经常实地开辟出新的路线去探险一番。大家在行走的过程中，体验到不少乐趣，生活的压力在青山绿水之间得以缓解、释放。

万般执念放下，人生明媚了许多。

成群结队的人前往银瓶山，既能欣赏原始森林的美景，又能锻炼身体、陶冶情操。带着这种兴致，人们挤在通往银瓶山跨口的山脚下，车辆也排起了长队，像蜗牛一样缓慢地前行——这种情形，听说是每个周末的常态。车辆堵塞的长度，从银瓶山下的公交站到山脚，足有两三里地长。而人类的两条腿，在这时发挥了很好的作用，走得比车还快。手握登山杖的人，往往面带微笑，看着汽车落在自己的身后，举起相机，"咔嚓"拍下长龙般的队伍。

二

十二点左右，银瓶山解禁。我与林姐、芳妹一行三人，在欢天喜地之中，坐车前往银瓶山。刚到银瓶山路口，就看到不少人正往银瓶山的方向走着。每个人都穿得像企鹅，一个个精神十足，有些大人还带着小孩，大家装备齐全，背着背包，手握登山杖，脸上都挂着笑容，任凭寒风呼呼地吹着，就连看的人也受到了感染，无比开心快乐。

车辆在长龙似的队伍中缓缓移动，终于，我们把车停泊在第一停车场里。停车场里的车密密匝匝，几乎看不到空位置。从停车场看向左侧进山主道口，人头攒动，伞团锦簇，此时的雪粒还从空中扑簌簌地往下掉，不时有人伸着手仰着脸，吆喝着这雪下得不够大。北风一阵紧一阵地灌进脖子与袖口，但人们依然是快乐的，像过年一样，带着喜悦的心情进山。

这样的天气，真心佩服我们这些"疯子"，为了登山，为了看雪，恰似奔赴一场盛宴，载歌载舞。

我的目光穿过第一停车场，向右回望一块标识路牌：将军栈道。沿着这条小路走进去，有一条蜿蜒的溪谷，溪水常年奔涌，水流清澈，无论是蛙虫，还是小鱼小虾，都尽收眼底。在炎热的夏季，我们穿行在浓密的树林中，丝毫感受不到太阳的毒辣，头顶上，朵朵白云不疾不徐，蓝天如一面绸缎。近身的脚边，有清凉的水流，行人嬉戏、撩拨、沐足，笑声响彻山谷。谷边开满了花朵，有一串串的黄花带刺，不知名的鸟儿不时从山涧飞起。远远传出的鸣叫，很容易令人想起"鸟鸣山更幽"的诗句来。

溪流的两边，有可供行走的将军栈道。这些栈道是最近几年才修的，同时也修有主要登山驿道。将军栈道，一共五道，一步一景，美不胜收。沿途树木参差不齐，品种繁多。溪谷中，怪石嶙峋、壁立千仞，大的有半间屋那么大，圆的尖的方的扁的，应有尽有，小的以拳头大的鹅卵石居多，点缀分布于溪流之中。

这一处具有"小九寨沟"美誉的溪谷，流传着曾有将军带领东江纵队与日军交火的事迹，随着岁月的流逝，这些故事被湮没，所以当它们从本地黎村老人嘴里传出来时，人们有了些许的猜测与疑惑。但有一点可以肯定，的确有五位将军先后来过这里剿匪。那些疯狂的匪徒，时不时下山抢民扰民，他们以银瓶山为天然的屏障，把老巢筑建于此，易守难攻。将军们前仆后继，最终才彻底剿除匪患。从此，银瓶山的人们安居乐业，不必再提心吊胆地生活了。后来，有人发现山涧"到角潭"的地方立有五块巨大的石像，石像的相貌和神情与五位将军极为相似。人们猜测，五位将军可能是得道成仙的道士，于是心怀感恩，纷纷出钱出力，在五位将军的石像旁建造神庙，命名为五道将军神庙。

为了纪念这五位将军，人们不仅将他们的故事口耳相传，而且在鲜血染红的土地上，铺起弯弯长长的五条首尾相连的栈道。这些平坦的栈道，染着绛红的色彩，象征着和平幸福来之不易。

另有民间传说认为，修建将军栈道是为了纪念隋唐时期的五大将军王伯当、秦叔宝、程咬金、单雄信、罗士信，还有说是为了纪念来银瓶山除妖降魔的五道将军的。

栈道纪念的究竟是哪些将军，其实并不重要，重要的是人们在岁岁年年之中，心怀感恩与美好的祈愿，让这座遍布美景与险境之山成为现代人的世外桃源。

溪谷的另一边是悬崖峭壁。一路沿溪，怪石突兀悬空，仿佛是人工开凿的一般。崖上垂下的古老树木，形态各异：有的似盘虬卧龙，伸出长长的手臂；有的像一支箭镞，射向远方；有些又仿佛是被岁月风干的年迈老人，唯余筋骨暴突，令人触目难忘。

考虑到此次雪天路滑，我们放弃了这条将军栈道，而是沿着登山的主道一路攀登。

沿着平坦的水泥路一路前行，走了有五六里吧，就开始进入起伏不平的山路。一步步拾级而上，穿行于四季茂密葱郁的丛林，不时有红色的山乌桕、枫树叶从一片绿涛中探头伸脑，一阵阵风吹过，树木摇荡，舞之蹈之。途中不时遇上溪谷，断流处的谷底，大大小小的石头像一个个光头的石娃娃，很是惹人喜欢。有的谷底位置较低，积攒了一洼洼清水，清澈晶莹，成为游人洗手擦脸的天然盆池。

随着时光的流逝，流水把一些尖锐的石块打磨成光滑而形态不一的鹅卵石，也有花岗石分布在溪流中，令人想起"明月松间照，清泉石上流"这句诗，我微微地笑起来。有的雪粒落在水流之中，转眼消融，而有的雪粒落在石头上，白莹莹地晃在眼里，如同站岗放哨一般。

这样的一番景象，在岁月里无可匹敌。在广阔的天地间，临风观雪，听呜呜声传入耳膜，想着"风萧萧兮易水寒，壮士一去兮不复还"，心中的豪迈感陡然而生，"欲与天公试比高"，倒也是别有一番情趣。

下午一点多钟，雪花大了起来，从天而降，一朵朵飘荡在我们的眼前。行人都惊喜地收拢起雨伞，尽情地将雪花抚摸、亲吻、饮啜，人群中笑声此起彼伏，欢呼声不时传入耳膜。据说，广东上一次下雪是在 1929 年。1929 年呀，这算得上百年等一回吧！它们是如此的洁净，带着细密的心思、卑微的心愿洋洋洒洒地来了。

此刻，这场下在南方的雪，像一把火，燃烧着我们的骨头，燃烧着我们的灵魂，无论男女老幼，统统不能免疫，我们为之发烧，为之冲动。

越往山上走，风越大，但是身上已微微发热，甚至开始流出汗水，大家便解开棉衣，有说有笑地往目的地前行。地面的沟沟坎坎都是雪白一片，渴了，我们就从沟里抓一把雪放进嘴里。不时有人拍照留影，插科打诨穿梭其中，笑声一阵接着一阵从林中传出，荡漾温暖着许多人的心田。

"看，红花荷。"林姐高叫。

没错，我们进入了半山腰的红花荷区，一棵又一棵的野生红花荷树分布在台阶的两边。那些枝上的花朵，一朵朵热烈地绽放着，有的高昂着头,有的羞答答地低着头,有的迎风招展,有的低下腰身。背风的一面,红红的花朵上落满雪花,上面结了薄薄的一层冰,看似罩上一层透明的鳞甲。在这个寒冷的冬天,它们一片片地燃烧着,似火焰,携着一股淡淡的芬芳扑鼻而来。花朵立在枝头,恰似美丽的蝴蝶,迎风飞舞,它们是纤细的,如美人,薄妆雪霜,参透人间冷暖。它们在山中这片舞台上,不动声色地露出了自己的娇艳与美丽,遇见你,遇见我,在这隆冬时分,在这洁白的季节深处。

面对这些红花荷,我不由自主地想到了梅花:"幽谷那堪更北枝,年年自分着花迟。高标逸韵君知否,正是层冰积雪时。"这首诗虽然是写梅,但不也正是红花荷的写照吗?这片片落英呀,落愁一片女儿心。也许,再美的事物,大抵不过如此,生命的轮回,一切遵循自然。

我不由得想起了栊翠庵的梅,想起了那一朵朵红,想起了那些赏花吟雪的词,当然也就不可避免地想起了曹雪芹,想起了黛玉葬花,那些忧伤,隔着百年的时空,隐隐地扑了过来。

三

途中不时迎面碰上从山顶下来的人,他们中有的比我们年长,有的比我们年轻,一个个都精神抖擞,这无形中增加了我们几个人的信心,尽管腿脚似灌铅,但顽强的毅力,始终支撑着我们前行。如同翻越人生的山头,面对一路的坎坷与困难,我们岂能半途而废?只有面对它征服它,才能给磨难迎头一击。

雪下了半小时左右,就停止了向人间播洒,只剩些小小的雪粒携在风里，扑面而来，在这苍茫的人间，它们显得如此的渺小，风一吹，便转瞬即逝。

风越来越大，雪粒还在零零碎碎地飘落，路两旁的树木齐刷刷地弯下腰身，有的树木被折断，肢体横陈，有的则是被连根拔起。行至空旷处，风呼啸着，如鬼哭狼嚎，又冰冷如刀，似可以直接削掉人的耳朵，好在登山的人个个都戴着帽子、捂着口罩、扎着围巾。这些勇敢的登山者，用一颗执着的心，一步步往上攀爬，步步为营，顺势而行。

路过一栋高高的观景台，我们攀爬到它的顶部，风把人吹得快要飘起来了，衣服鼓胀得哗哗直响。看着眼前群山叠嶂，一片天地苍茫，大家尖叫着拍照，声音飘出好远。我们的手脚很快就被冻僵了，遇上这样的低温，几个人的手机直接卡死不动。美景尽收眼里，千沟万壑，险峰林立，苍翠山脉连绵不绝，一望无垠。有一条河流蜿蜒起伏在低谷处，清亮亮地映入眼底，山水一色，我知道那是石鼓水库，就位于我们进山的路途中。此时，有云雾缭绕在东面的半山腰，连接起惠阳的白云嶂。云雾缥缈如纱，在半山腰中如梦如幻，大片大片地氤氲不去，缠绕在银瓶山与白云嶂之间，云雾不时地升腾起飞，如同仙境一般，让人疑心看到了瑶池。

有一个胡须花白的登山者，指着云雾缭绕的地方，大声地说道："那一堆云雾盘绕的地方有盘古宫，它的上空香气飘荡，你听，风中似乎有钟声传来呢。"

据网载，这位老者口中的盘古宫，位于惠州市惠阳区第一高峰白云嶂与其次峰银瓶嘴之间的垭口处，海拔将近 500 米。据史料记载，盘古宫建于清代光绪十四年（1888 年），每年都会举行盛大的庙会。新中国成立前的最后一次庙会是在 1938 年 7 月 7 日，主持人是东莞塘沥村的张三婆。盘古宫在"文革"时被破坏，1930年由群众自发捐资重修并新塑神像。盘古宫是二进建筑。第一进是长方形的厅廊，越过天井就达第二进，第二进横排有左、中、右三个厅，每厅均有泥塑烫金的神像。宫上面还保存着原来的大雕栋梁——这对于喜考古探险的人来说，值得前往观瞻。

银瓶山、白云嶂和盘古宫，这三者更像是相辅相成的关系，提起一个地方，另外两个地方也会随之被想到。

> 站在银瓶山，听盘古宫的钟声
> 站在白云嶂，听盘古宫的钟声
> 云彩上面的钟声，钟声一定也是洁白的
> 绵软无骨
> 宛如素子之身

古老的盘古宫就像一座古老的时钟，让人很轻易就陷入了时光的深处。

站在高高的观景台上，不仅可以让人领略到深远的历史，同时也获得了开阔的视野。远远望去，可以看到那高高的银瓶山主峰，山体似一尊圆肚的银瓶，山尖像乳嘴，它的西侧山宛如观音莲座。相传观世音菩萨云游南方，被眼前银瓶山的美丽风光所吸引，不知不觉停了下来，把莲花座和宝瓶遗留在此，化成现在的莲花状山脉和银瓶嘴。正所谓："风光旖旎菩萨倾，如诗如画观音醉。流落莲花聚银瓶，遗留宝瓶化秀峰。"一个美丽的传说，一段动人的故事，寄托了人们美好的愿望，突显了银瓶山水的美景。

宋代名士、大文豪苏东坡被贬至惠州期间，他被岭南山水所陶醉，除了惠州的罗浮山外，他还多次登上这座银瓶山，有诗云："银瓶山水天下流，风景美丽醉东坡。东坡攀登银瓶山，赞叹风景胜罗浮。"因为苏东坡，沟渠纵横的银瓶山更加闻名四方，声名远播。

四

我们在观亭台内稍稍休息了一会儿，吃干粮喝水补充能量，然后拖着有如灌铅一般的双腿，跟着行人的脚步，又开始一步步往山顶登去。信念支持着我们继续行走，每一步都是在咬牙喘气，每一步都是两个我在厮杀较量，最终一个我说服另一个我。我一次次地对自己说："坚持就是胜利。"

或许，一次登山，就是一次人生的历练。我们在与大自然的亲近之中，获得更多的快乐。

满山的风打着转，推着我们登完最后的台阶，下午三时四十分左右，我们终于爬上了银瓶山顶部。窄窄的山顶，正是银瓶山的瓶嘴。天气豁然晴朗，有一缕阳光穿云而来，明亮地照在头顶上，似乎触手可及。我估摸着，"不敢高声语，恐惊天上人"这样的诗句，就是诗人站在最高的地方写的。

那一刻，我们与大山融为一体。质朴的山脉，静静地聆听着我们的各种欢呼声。

这里的花岗岩山体裸露，间或露出一点点黄色的土壤。狭长的石道隐在一些石堆之中。远来的行人，仿佛慢慢从石缝里挤出来似的。有悬崖的地方，还有一条条由粗水泥柱筑成的扶栏，中间连接着很结实的铁链。在机械设备无法抵达的高山，需要多少人工与马匹，才能完成如此现代与文艺的工程，从而让前来的人们安全安逸地观赏游玩。

"终于上来了。"登顶的游客惊喜不已，累得趴在地上，全然不顾地面的冰冷。山顶的地面上，已有一层薄薄的雪结成的冰。我们气喘吁吁地趴在扶栏上，迎面的寒风把大家的围巾吹得呼呼作响，像有无数针尖刺入脸颊。栏杆背风的一面，结满了触目惊心的冰层，厚厚的如同盔甲一般。这些冰层，任凭我们如同敲击，依然紧紧地吸附在栏杆上，纹丝不动。

在这无遮无挡的北风口，风不断地推搡着大家，我们好半天才缓过气来。我张开双臂，看着四面八方，体会"会当凌绝顶，一览众山小"的心境。从岩石陡峭的这一面望下去，樟木头镇、谢岗镇尽收眼底。山脚下，那些房屋、高楼间隔着田地，一块块田地如一块块白色书本，只是形状不同而已。环视另外三面的群峰，高低有致，起伏连绵，树木苍翠，绿涛随着风，一波未平一波又起。

听说在这片原始森林中，光植物就有一千六百种，除了红花荷、禾雀花外，还有华南五针松、苏铁蕨、赤黎期、三尖杉、穗花杉、木莲、野生普洱茶树等。森林如海，果真不假。远处的山脉，白雾弥漫。峡谷深邃处，不时有一两只鸟儿从林中蹿起。如果不是隆冬的天气，鸟类是非常多的，它们会在人们头顶上盘旋，叫声响亮，有游人抛撒面包屑，一些胆大的鸟儿还跳到岩石上啄食。据网上资料显示，银瓶山上有许多国家保护动物，其中双带蚼为国家一级重点保护动物。还有虎纹蛙、三线闭壳龟、大壁虎、小灵猫、穿山甲等，这些动物经常出没林间。曾经，有人在网上发帖子，说在银瓶山发现了银黑狐，它跟在人的后面，一点也不怕人。看来，银瓶山上深藏不露的动物真是太多了。

看到一个接一个登山者，登上峰顶而狂欢，我想到了我们的生活。生活如同眼前的高山，在攀登的过程中，我们会面临种种困难，会遇上风霜雪雨，我们为此流汗甚至流血，唯有不轻言放弃。我相信，终会守得云开见月明，收获幸福与安康。

眼前的银瓶山，有着它的内涵与刚毅。春夏秋冬，花开花谢，你来它也在，你不来它也在。它默默地在这里，把大自然的爱赠予这里的人们，让人们呼吸新鲜的空气，享受天然氧吧带来的养生日常。

一次登山，一次灵魂的回归。徜徉在大自然的怀抱中，我们的精神有了归宿。在登山过程中，也许我们会遇到许多困难，但坚持下去，必定收获满满。

一次登山，一次对家园的守望，一次对生活的从容与笃定。

在征途之中，我们到达了理想的彼岸，超越自己、成就自己，在大自然中得到最大的快乐与收获。

乡土情二章

我家的四合院

猛一抬头，冷不丁望见对面楼角的月亮，又大又圆，我不由自主地吟出"但愿人长久，千里共婵娟"这句诗。于是乎，我想起了我的外婆，想起我小时候在四合院度过的时光。

我家有个四合院，是老式的那种，四四方方的，坐西朝东。正屋一排四间，这四间正屋高过偏屋五个台阶的地势，有宽宽的廊檐；南北两面各有偏屋三间；正门楼处，厨房、杂物各一间，另有一间水井房。四合院曾有四户人家共同居住，后来不知什么原因，那三户人家都陆续搬走了。等到我出生时，四合院里就剩下我们一家人了。这屋子是民国的老瓦屋，所谓青砖黛瓦是也。鉴于所有的屋子都漏雨，一到下雨天，父亲就踩着梯子上房揭瓦重新拾盖一番。正屋有镂刻木雕的抬梁与桅檐，花鸟龙凤依然清晰，风一吹，有烂木屑时不时从房顶上飘下来，白蒙蒙的，算得上是"繁华犹存，腐蚀依然"。

经过时光无情的风化，我家的四合院走进风雨飘摇的暮年。

在这个破旧的四合院的正中央，有两个长条形的花坛，由青砖砌成，青砖上面爬满了青苔。外婆在花坛里种有菊花、兰花、蜡梅、桂花。除了这两个花坛外，院子的地面全部是用麻石条铺成的。我们在麻石条上跳格子，放纸飞机，叠三角，玩剪刀石头布。我们没有爷爷奶奶，而要挣工分养活全家的父母自然也无暇照顾我们。那时候，寡居的外婆带着小姨小舅在我们家住了很长一段时间，我们姐妹几人均由外婆一把屎一把尿地带大。坐在高高的廊檐下，外婆总是满脸慈爱地看着我们在院子里玩耍或写作业。

我们在外婆的视线中慢慢地长大了。

夏夜时分，晚风徐徐，我们姐妹四人一个挨着一个，都洗得干干净净的，一起坐在宽阔的四合院里纳凉。大家把赤脚放在麻石条上，一股凉气从脚板浮了上来，十分惬意。风吹过来时，一股股清香沁人心脾，听着蛙鸣蝉叫，有萤火虫不时在身边飞来飞去。青青的葡萄架，在月光下摇曳出斑驳的影子……

这样美好的童年，一直镌刻在我的脑海中。作为中心人物，外婆在晚上会点上一把艾草放在院子中间，一边为我们摇蒲扇，一边教我们背唐诗宋词。更多的时候，我们喜欢听外婆讲故事。这个从民国走来的千金小姐，肚子里的故事一个接着一个。从《天仙配》《白蛇传》《嫦娥奔月》《西游记》到《红岩》《小兵张嘎》等，外婆总是信手拈来。外婆还会讲到她的妹妹与弟弟参军抗日的往事，讲起她的大家族，那一幕幕悲欢离合，仿佛是电影里的故事。有时讲着讲着，外婆的声音会哽咽起来，每逢此时，我的母亲便会过来打岔，让我们唱歌给外婆听，外婆看着拍着小手的我们，转眼又会高兴起来。

我们仰望着星空，外婆教我们辨认北斗星、天河，并指认牛郎织女星，给我们讲他们的爱情故事。在外婆讲述的一个接一个的故事中，我们明白了是非曲直等许多道理。慢慢地，我们姐妹四人在外婆的启蒙教育下，在四合院里一个接一个地长高懂事了。

我七岁那一年的中秋夜，天气很好，晴朗的天空仿若一幅绸缎，星星一颗挨着一颗，像一朵朵带丝线的花儿绣在天空上，亮晶晶的，分外好看。院子里，风一吹，葡萄树轻轻传来沙沙声，外婆种的桂花树也长大了，朵朵鹅黄色的小花，开得那么绚丽灿烂，芬芳的香气缠绵浓烈，飞向整个村庄，整个村庄都浸泡在一种花香之中。

按照惯例，我们把木桌子放在院子中间。彼时，皎洁的月亮仿佛是一个大灯笼，挂在我们的头顶上，桌子上放着三盘拼凑的素菜、一盘花生米、一盆稀饭和一盆杂粮饼。这些杂粮饼是外婆亲自做的，我们叫它外婆饼，一年中只有逢年过节才能吃上一回。我们一家人都围着桌子，加上小姨小舅，拥挤地坐满了一圈。父亲就着一盘花生米，小口地饮着二锅头；小孩子们一人拿着一个杂粮饼往嘴里塞，不时喝上一口稀饭。

我们吃饱了，就在院里玩老鹰抓小鸡。父亲白天累了一天，嫌我们吵，就与母亲一起把桌子搬回正屋，点上煤油灯，接着边喝边聊。外婆坐在高高的廊檐下，看着疯成一团的我们，走下台阶，指着明晃晃的月亮，让我们背诵与月亮有关的唐诗宋词，呆呆的哥哥上来就是一句："床前明月光，疑是地上霜……"我最小，却能摇头晃脑地吟出："明月几时有，把酒问青天……人有悲欢离合，月有阴晴圆缺，此事古难全，但愿人长久，千里共婵娟。"

背完这首诗，我发现月光下的外婆泪流满面，她掏出手帕擦着眼泪，这个瞬间穿过重重叠叠的岁月，一再出现在我的脑海里。

后来，在外婆与母亲断断续续的讲述中，我才知道，外婆的妹妹与弟弟于1938年参军离家时，就是中秋的前两天，他们上战场后便失去了消息，生死不明。每逢佳节倍思亲，仰望天上的一轮圆月，多少沧桑世事，多少悲欢离合，浮现在外婆的脑海中，因此她更加思念自己的亲人。

这年中秋节过后没几天，外婆就被大舅与二舅接回了距我家二十里地远的家。从此，我们家的四合院里少了外婆，也少了许多笑声。思念外婆的时候，我就站在院子里号上一阵子，劳累了一天的父母嫌烦，有一次在院子里狠揍了我一顿。

改革开放后，老百姓的生活水平得以提高。2000 年，我们的老房子全部拆了，楼房与平房在老宅基地上拔地而起。院子还是那个院子，当年外婆栽下的那棵桂花树后来长得高大葱茏，它挡风遮阳，可惜父母卖掉了它。在院子里日复一日蹒跚的父母，背驼了，头发全白了，我知道，总有一天，我的父母也会离开这个院子，追随外婆的脚步去往天国。

逢年过节去父母家，站在院落里，我总能忆起外婆的身影，她的说话声，她教我唱："但愿人长久，千里共婵娟……"

我的泪水在不知不觉间落了下来，打湿了四合院的地面。

门前的皂荚树

记忆是个很奇怪的东西，它总会在某个瞬间让人突然想起某些事。如果说故乡是个大范围，那么故乡的一草一花、一沙一石就是小范围了。就在前几天夜半醒来的瞬间，我突然想起我老家门前的皂荚树——我们的方言叫皂角树。这棵皂荚树既带着故乡大范围的烙印，又有着小范围的琐碎，尽管它已经消失了十七八年，但它却一直盘踞在我的脑海里。

这棵皂荚树有些年头了，打我出生起就耸立在我家门前的池塘边。它粗壮高大，得三四个人手牵手才能围拢它，我猜想它的寿命应当有上百年了。更让人称奇的是，树肚子中间是空心的，儿童可以穿过来钻过去。我曾经问过父母，这棵树为什么是空心的，他们说也许遭遇过雷击吧。

皂荚树前边就是村里用水的大池塘。走下几步大石头砌成的台阶埠头，就有一个固定木排。木排一般多是把从山上砍下来的三四棵松树捆扎钉在一起，架在高出水位的木桩上，上面再铺上稍为平整的几块薄石条。这些石条就成为村民洗菜、洗衣的搓衣板了。听着棒槌的敲打声，听着这里聚散的八卦，皂荚树春来开花秋来落叶，按照大自然的规律年复一年地生长。

每年春天，皂荚树开始变得葱茏起来，碧绿浓荫的树叶爬满了枝丫。三月到了，乳黄色的花朵便一朵朵地露出头来，挨挨挤挤，毛茸茸的。树枝上的老刺，在岁月的风雨中变得乌黑发亮，而新枝上面又开始长出一些软刺。

皂荚树下开始变得热闹起来，闷了一冬的人们，终于脱掉了棉衣。大大小小的衣服，花花绿绿的，被女人们隔三岔五地端了出来。她们围在树下，放下小木凳子，把衣服放在大木盆里，再用小盆到水塘边舀几盆水倒入浸泡，抖上一些洗衣粉。于是乎，几个女人便一边在水里揉搓着衣物，一边开启了吐槽模式，从村前说到村后，从王二麻子的鸡说到张大胖子的牛，从哪家姑娘带孕出嫁说到哪家寡妇有了男人，等等，说得白沫子直流。这些女人通常会添油加醋，时不时爆发出一阵大笑声。一个村庄的热闹，就在皂荚树下起伏跌宕。特别是到了夏天，皂荚树宽阔的树冠如一张大伞，遮天蔽日，树下一片阴凉。午饭后，男人们拿上几个麻木袋，围坐在一起走象棋、甩长牌；孩子们则在一旁打翻板、跳皮筋、弹玻璃球；女人们则搬来凳子一边纳鞋子一边看着小孩子——因离池塘较近，怕孩子落水。

见闻乡村趣事，此时的皂荚树是安逸的，也是幸福的。闲看花开花落，多少个春秋，它默默地守护着这里的人们，见证着村庄的代代更迭。它也像一位长辈，守护着我这个没有爷爷奶奶的人。小时候，我很淘气，上树掏鸟下河摸鱼，偷黄瓜摘桃子。母亲忙于挣工分，事情多，没有耐心教育我，一言不听，便去抄家伙。我眼尖，一见兆头不好，说时迟那时快，如脱兔如飞箭，"嗖"的一声，我就冲出大门，像猴子一样爬上了高大的皂荚树，找个安全的枝丫，避开刺针，跷脚靠背做鬼脸。母亲不会爬树，次次气得脸色乌青，站在树下，用棍子指着我教训半天，我假装唯唯诺诺地答应，她才罢休。

夏天的夜间，村南村北的人都喜欢聚在这棵皂荚树旁纳凉，就着满天星光谈五湖四海。他们把树周围打扫得干干净净，要么搬来椅子，要么拿来草席，有人讲电影故事，有人讲乡间逸事。如果我父亲在场，他多半会讲《三国演义》《水浒传》《红楼梦》《白娘子》《聊斋志异》等，有时他也讲报纸上的时政要闻。作为村里唯一的文化人，父亲只要一开口，大家就听得津津有味。讲到声情并茂处，人群中不时传来"哎呀哎呀"的惊叫声，若有哪个小孩子打岔，往往会被几个大人异口同声地大喝一声："不要吵，接着听。"

彼时，皂荚树正挂着果实，那一个个绿色的皂荚扁扁地挂在枝丫间，一串串如镰刀如新月。更神奇的是，这些皂荚可以代替肥皂。我们先摘下来几个皂荚，放盆里用棒槌捣烂，然后倒水洗衣或洗头发，一股清香的味道四散开来。在那贫穷的年月，皂荚为我们省下了不少费用。后来有了网络，我一查，好家伙，嫩皂荚竟然可以食用，只可惜那时候，我们不知道这些，要不然，它又会成为我们的盘中餐。不光如此，它的老荚、子、刺均可入药，有祛痰通窍、镇咳利尿、消肿排脓、杀虫治癣的功效。

每到秋天，这些皂荚便开始变黑。几天不到，枝头树丫间黑黝黝的一片，风一吹，甚至可以听到哗哗的响声，似乎是皂荚子在腹腔里晃荡。我们一边拿长竹竿子敲下黑皂荚，一边唱猜谜歌："一棵树，高又高，上面挂着黑镰刀。"干扁的黑皂荚被母亲拿到窗台上放着，有时碰上挑货郎下乡，母亲便拿它为我们换橡皮圈与红头绳。

在四季分明的故乡，走入深秋的皂荚树终究逃脱不了落叶的命运，树叶先是变黄，然后慢慢地全部掉光。有些老枝丫，饧毛饧刺地杵在眼前，让人很难接近的样子。一场雪接一场雪下来，有时地面会结冰，为了防止洗菜洗衣的人滑下池塘，这棵高大的皂荚树又被村里人系上几根麻绳，下池塘的人通常会抓住麻绳，小心翼翼地踩着石块靠近水边。

记忆中的这棵皂荚树，就这样年复一年地陪着我们长大了，而它却不知不觉老去。它陪着我们玩耍，带给我们许多欢乐，一年四季甘愿为我们做贡献。长大后的我们各奔东西，只有逢年过节回到故乡时才能看上它一眼。它慢慢地淡出了我们的视野，成为梦醒后的一抹温馨。

这棵皂荚树是什么时候消失的？我猜想是在2000年左右。那时，我才在深圳工厂站稳脚步，2003年过春节回家时就没再见到它了，曾问过母亲，母亲说它枯死了，好几年春天都没有活过来，到最后，连树墩子也让我父亲挖掉当柴火烧了。

听闻此言，我发了好一阵子呆，心底涌动着一种说不出来的滋味。

深圳北站

早上五点半，深圳的天还没完全亮透，像蒙了一层薄薄的轻纱。鸟鸣啁啾，犹如比赛唱歌一般，至于鸟儿藏在哪一个枝头、哪一片树叶中，我们不得而知。

路上的绿化带，在车窗外后退着，人们来去匆匆地赶路。每辆车都有每辆车的使命。我们兄妹五人，挤坐在同事的车上，更多的时候是沉默，我们正赶往深圳北站。昨天中午，我公公捞鱼时意外坠落水库，棺椁现停在老家的厅堂，正等着我们这些在外打工的儿女们回去安葬。

疫情年，高铁车次少了许多，下午四点之后，所有从深圳北站开往信阳东站的高铁都取消了。五点左右从深圳东站出发的慢车倒是有两趟，可是近二十一个小时的车程，还不如坐第二天早上的高铁，像我丈夫这样有腰椎间盘突出症的人，坐这样的慢车更是活受罪。

最终，我们购买了第二天早上七点左右的最早一趟回信阳东的高铁票。五个多小时后到达信阳东站，然后我们坐出租车回乡下，不到两点钟，公公的两儿一女便齐刷刷地哭在他的灵柩旁。

掐着时间坐高铁返乡，是如此快速准时，在没有高铁之前，这是我们做梦也不敢想的，如今，这成为我们日常生活的一部分。这一切变化，都得益于这个大时代，得益于就近有个深圳北站。

20 世纪 90 年代，南下深圳打工的人，一般都只能乘坐长途大巴，逢上刮风下雨或雷电风雪，一路上提心吊胆。如果提前知道天气预报，大家就会抢火车票。那是绿皮火车的年代，时速六十公里，从信阳到达深圳需要二十一小时左右，时不时还延迟。一路翻山越岭，把人坐得头昏脑胀腰酸背疼，不知天南地北。

灼热疼痛的回忆，把我拉回到 1999 年的春节。拥挤不堪、举步维艰的车厢，连过道里都站满了人，人踩人、人挤人，大人吵、小孩哭。车厢里无水且脏乱，各种气味混在一起，上个厕所更是难上加难。由于沿途缺水，厕纸与大便堆到便池周边，一个不小心，就能踩到脚上。那情形，现在想起来，真是场噩梦。

我挤在过道中，饿了就从口袋里摸出块饼干啃两口，不敢喝水，怕上厕所。车厢里非常闷热，身上流了许多汗，把棉袄脱掉也于事无补，偶尔有人拉开车窗，风又"呼呼"地灌了进来。一冷一热地交替着，车程还未过半，从小体弱多病的我就开始高烧不退，昏沉中，我站立不稳。我丈夫就央求有座位的人让我挤一挤，靠一会儿。

由于都是长途，别人也不乐意让我挤太长时间。有人对我丈夫说："还没有走到一半的路程，你老婆就生病了，再拖下去肯定不行。我给你出个主意，前面一节车厢是军车，里面军人没坐满。你说说好话，没准儿，你们两个人都能进去。"

于是，我丈夫请同村的人看着行李，说："如果我们能进去，等快下车时我就过来拿行李，咱们一起下车。"

我丈夫扶着我，从一条条人腿缝隙里下脚，不停地说着好话道着歉，费尽千辛万苦才挤到前面一节车厢。过道的木制门紧闭着，与我们这边的人潮涌动截然两个世界。木门的中间有块玻璃，也许是温度太高的缘故，玻璃上白茫茫的。

我丈夫挥手敲了敲玻璃。好在，一个年长的军医拉开一条门缝。我丈夫赶紧告诉他，我发了高烧，又没有地方坐，请求去里面歇一歇。

仁爱的老军医不仅让我们进去了，还拿来感冒药与水，这是我一生中最难忘的一幕：军人真的是最可爱的人啊！我吃完药后，昏昏沉沉地睡着了。到了深圳火车站，我丈夫扶着虚弱的我下了车，我哭着说："以后再也不坐这车了，挤死人了，还不如大巴车。"

这一切，现在想来仍是心有余悸。

那时，我们到达的火车站，其实是深圳西站，也叫南头火车站。关于它的早期记忆，存在于我脑海中的是灰色的，又脏又破，到处灰蒙蒙的，地面坑坑洼洼，绿化带上树荫也很少。看起来，仿佛是很古老的车站，我记得还有蓝色的铁皮棚子。站前的广场很小，旁边除了大巴外，还停着各式各样的社会车辆，其中不乏拉人的黑车。为了一辆去公明镇的大巴，我们往往要等上半天时间。

这跟我想象中的深圳大相径庭。可以这么说，那时的深圳虽处于建设过程中，但一切还没来得及华丽转身。那时的我们，天天三点一线，奔波在铁皮棚的工业区，日复一日地在流水线加班加点，释放青春的活力。对于明天，我们无暇思考，只是在时代的大潮中勤奋地忙碌着。

要想进一步发展经济，首先要做到道路通畅，交通便利了，各方面的产业投资才能进入，新鲜的血液才能带动整个城市，地方的经济才会得到发展，人们的生活水平才会提高——深谙这些，深圳市政府在改革奋斗的路上继续大刀阔斧，沿着党的政策方针，不忘初心，为实现梦想持续发力，各个区的乡村、街镇道路都在热火朝天的修缮改造之中。

2007年，龙华区抓住了高铁再建的机遇，深圳北站正式踏入了开工建设的历史性时刻。这座具有时代气息又兼时尚性的建筑，位于深圳市龙华区民治街道，站房位于轨道上方。历时四年，于2011年12月26日正式投入运营。它占地总面积为240万平方米，建筑总面积为182074平方米，其中房屋建筑主楼面积占74573平方米。

整座车站，外表呈银灰色，远远地望过去，像一只大蝴蝶张开了翅膀，气势宏大壮观。"深圳北站"几个通红的大字悬挂在主楼上方，南来北往的人很轻易就能看到它。白色的候车大厅里，一根又一根硕大粗壮的支架看起来就像一棵棵大树，枝丫伸向空中，顶住屋顶，是那么震撼人心。没错，深圳北站建筑的主体为钢结构，漆色纯白。这座深圳的核心车站，也是广深港高速铁路中间的枢纽站及深铁路的始发站。同时，深圳北站不仅仅是高铁站，还是一座地铁站，"无缝"衔接深圳地铁4号线、5号线、6号线的换乘车站。

深圳北站的出现，给人们的生活带来了意想不到的便利。这是以往我们想都不敢想的生活，一如在时光的更迭中，我们自身的变化。来到深圳后，我们慢慢地安下心来，努力地适应时代发展。我丈夫勤快能干，从员工做到管理层，我也从当初不识电脑为何物的人成为一名熟练的财务操作员。

为了学会电脑，我清楚地记得2002年夏季，我坐在闷热的出租房里，用工厂淘汰的一台旧电视，在学习机的键盘上不停地练习打字。哪怕中午再热，我也顾不得休息，闷出了一身的痱子。为了早日实现盖楼房的梦想，那时的我们舍不得多买一台电风扇，唯一的一台总对着从老家过来的儿子。每天晚上，哪怕加班到十点半，我也要在键盘上练习一会儿才肯上床睡觉。

天道酬勤。岁月的枝头，慢慢地吐露新芽，我们的生活水平跟眼前的深圳一样，于不知不觉中，变得越来越好，工资一年比一年高，在交通上也有了更好更优质的选择，就近的高铁成了我们首选的出行工具。

我们的脚步变得从容，心也变得平静，开始流淌出生活的蜜意。

每次下了高铁，对于转乘我有多项选择——如果提的东西较重，我就选择坐出租；如果背的东西较少，我就坐地铁。

2018 年初夏，家父摔伤昏迷，我请假回去照顾。返回深圳时，母亲杀了几只鸡，偏巧亲戚又让我给他家的孩子带点老家的猪肉。我的行李箱被塞得鼓鼓囊囊。抵达深圳北站时已是晚上九点多钟，我老公正在出货柜，无暇来接我，让我自行坐出租车。

我独自一人拉着行李箱向西广场一侧走去。西广场不仅有宽阔的地下车库，而且它的左侧有即时起停的网约车，右侧有公交车站、出租车站。这里的出租车排队有序，无任何拥挤抢客的现象发生。人站在中间高高的台阶上等待车辆，灯光明晃晃地照着，是非常醒目与安全的。

沿途灯火白如昼，树木葱茏。一座城市的繁华在夜间得到了最好的体现。身边大厦林立，秋枫、绿化芒、樟树耸立其中，紫红的、白色的木棉朵朵点缀在绿道两旁，还有红似火的紫荆花夹杂其中。

司机的服务非常贴心，他不仅帮我把行李箱提到后备厢，到了工厂门口，还主动下车帮我拎下行李。

这些美好的点滴瞬间，凝聚成了一个美好的深圳印象。

2020 年 10 月，我们所在的观澜镇开通了长湖地铁站，它与深圳北站的连接更加紧密了。从此，我们去龙华、福田或宝安、前海等其他地方，有了更多的选择。深圳北站就像一个中心轴，让我们由此通往各地，或停留换乘，邂逅各种各样的面孔，每一张面孔的背后，都有不同的人生悲欢故事。

在设计上，深圳北站完全不同于其他车站。记得 2012 年春节，我第一次进入车站内部，在透明的玻璃室里乘坐电梯，或升或降，转乘抵达不同的楼层。我完全被这个设计所震撼。它最大的特色就是实施了一体化设计，即高架车站与高铁站房、地铁站房设计在一起，地铁 4 号线与地铁 6 号线穿行在高铁站的屋顶上方，呈南北向，属高架站台。在这里，无论是地铁转乘高铁，还是高铁转乘地铁，全部实现零转零，非常到位舒心，上下通行都有透明电梯。而 5 号线环中线的设计则在高铁站东广场的地下，属地下侧式站台，往深圳赤湾与黄贝岭在这里转乘。

偌大的东西两个广场，树木葱茏，纵横有序，灌木绿化带被修剪得整整齐齐，大理石地面上，随时有清洁工打扫，机器清扫机也时不时从我们面前"滋滋"地经过。东广场中央，有一个硕大的不锈钢圆形雕塑，很大，中空，有齿，在阳光下闪闪发光，看起来可以旋转似的；而西广场中央则有一个实体的大圆球，立在长方形的水池里。水池周边还有一圈矮矮的灌木。正对着 B 口进出站的灌木丛中，竖立着一大块红色艺术牌，呈"100"字样的连体走向，两个"0"字的中间标有 1921、2021 字样，"100"牌的下面又有一排红色字体：庆祝中国共产党成立 100 周年。

总有畑大在心头

建党 100 周年啦，见证过百年奋斗、改革开放、时代巨变的中国人，对中国的变化有目共睹。奇迹，在中国共产党的领导下一再发生：我们的高铁技术走向了世界，公路修上了世界屋脊，"神舟"飞上了太空，"北斗"闪烁着光芒，港珠澳大桥架通了海路……我们历经千锤百炼，从一个辉煌走向另一个辉煌，不再只停留在梦想上。

一个广场，它不仅仅是旅客来往暂停的地方，同时也是令人赏心悦目的地方。这些颇具艺术感的雕塑，并不让人觉得死气沉沉，相反，它耸立在哪里，哪里就像是一个闪光点，引人注目，使人精神愉悦。

每次站在深圳北站前，我都感慨万千。它的出现，标志着时代的发展、人民生活水平的提高。它的出现，把深圳推上了与外界相连的新特区高度。在深圳上班的人，转乘不同的地铁线，来去有条不紊，迈着"深圳速度"的步伐，走向各自的岗位，为深圳的发展添砖加瓦。

交通便利了，外来人员就能更加安心地工作与生活；交通便利了，高铁短时间内就可以圆了游子回家的梦想，延长了与亲人相聚的时光；交通便利了，减少了人们一路颠簸劳顿之苦。安全平稳地坐在封闭的车厢内，一人一座，我们既可以闭目养神，又可以静静地听听音乐。不再受嘈杂聒噪之苦，不再受践踏拥挤之累；随时有热水可喝，随时有厕所可去；不会发生堵车，能够安全及时地把乘客送达目的地。

2019 年 9 月底，我丈夫的外婆病危，家里一个电话打来，说外婆一直念叨她带大的外孙，不肯闭眼。接到电话的那一刻，正是凌晨时分，我丈夫难过地哭了起来，他吩咐我早上帮他买票。上班时候，我抢到了一张九时三十五分从深圳北站出发的 G818 车次的高铁票，下午四点钟左右，他就站在外婆的病榻前，他拉起外婆的手，轻轻喊了一声，回光返照的外婆用手摸摸他的脸，然后与世长辞。

每次说起这件事时，我丈夫总是声声感谢高铁的发展，要不然，他见不到外婆最后一面，而外婆也必然带着遗憾离世。

生活条件变好了，每年过春节回家，我们选择交通工具时毫不迟疑地首选高铁。纵使一票难求买不到直达车次，我们也可以退而求其次进行高铁间的"接力换乘"，换乘虽说会多耗用一两个小时，但比起慢车仍能提前十几个小时到家。再不济，我们就直接跳过二等座，上来开抢一等座，这样成功的概率十回九中。一等座虽多了四百多元，但想想高达三百多公里的时速，"嗖"的一下就能到家，能早点见到孩子见到父母，心里还是很愉快。

这样的速度，想想就美，我们的乡愁可以丢到爪哇国了。若想吃家乡的风味，趁着周末，猫打盹的工夫就能到家，一声"爸"一声"妈"地喊着，甜滋滋的味道爬上心头。

深圳北站，让我们从南到北"飞"到家中，家，变得近在咫尺，触手可及。我们的乡愁，在不知不觉中被抛到九霄云外。

我们的生活，跟着高铁的速度，在命运的河流中，飞快地幸福地向前运转着。

门前的白花河

当福城的征文出现时，我愣了一下。在福城章阁生活了十多年，我竟然没有写它！我写观澜，写龙华，写深圳，却独独把章阁村给漏掉了。莫说别人奇怪，就连我自己想了好久也没有想通——这是一种什么样的情感，让我漏掉了我一直生活工作的地方？这么一激灵，脑海中突然跳出来一个词——熟视无睹。

是的，熟视无睹，对章阁村我简直就是熟视无睹了。就像我们的母亲给了我们许许多多的母爱，我们却常常无视无感一样。待到离开多年，走向远方，隔着岁月的风尘，猛然一回眸才发现，那种自己曾经无视的爱，是那么深沉那么醇厚。

一

2005 年春天，我们工厂由龙华部九窝搬到章阁老村的一个山坡上。工厂背靠一条山脉，所驻的位置在山脉劈下来的一边，它的正对面又是一条山脉。两条山脉之间的低凹处，就是流经章阁村的河流。这河流的两边，一边是新村，一边是老村。两条山脉一左一右，起伏延伸在村庄的背后，像两条龙一样隔河相望。

河流其实不是很宽，有 40 米左右。从我们工厂所在的前方往山里看，它从里面的山脉奔流下来，途经我们生活的章阁老村，一路往前奔走贯穿，就近接通了观澜河。至于这条小河，叫什么名字，那时没人知道。直到今年 2 月份我再次去游玩时，发现老村河边的一块棕色石碑上写着：白花河。也就是说这条河流叫白花河，至于它的源头在哪里，不得而知。

那时候，老村河滩的两岸全是黄泥土。一到下雨天，黄黄的泥水一路奔涌，出现在我们的视野里，有时还腥臭难闻。河水并不干净，浑浊污黑，常常有许多一次性碗筷、腐木、树杈顺流而下，各种生活垃圾漂浮着，衣服或女人的卫生巾、小孩子的尿片夹杂其中。逢上雨水较大的时候，河滩的淤泥越冲越多。工厂前方，面临河边的这面陡坡也时不时往下崩土坍塌，栽植的树木一次次往坡下倾斜瘫倒。天气一晴，我们厂的老板就会骂骂咧咧地找员工重新扶正它们，有时不得不搭上支架。

工厂所处的位置在老村这一边，地势较高，属于上坡路。要走近它，必须经过章阁新村，过桥向左拐过村支部背后有一条路，那时，这条路并没有名字，直到去年才得名"祠堂路"。途经几栋居民楼、一个椭圆水塘，再过一片低矮的老式瓦屋，再上坡就是我们的工厂。这些瓦屋都面向白花河，瓦屋低矮，外墙又脏又黑，抬手就可以摸到屋檐。屋内光线昏暗，有时大白天还点着灯，里面住着一家家外来打工者。由于我们工厂在搬迁时住宿楼没有盖好，有许多工人就近租在这片瓦屋里，我与丈夫自然也不例外。我们曾经在瓦屋里住过两年。瓦屋面积小且潮湿，还经常招贼丢东西，实在没有东西可偷，这些贼连几件像样的衣服也要顺手偷走。所以稍微贵重一点的东西，我们常常放在工厂的办公室里。

每当我们厂的货车从这些瓦屋门前经过时，总是一阵灰尘一阵聒噪。但因为租金便宜，大家忍忍也就过去了。这里靠近河边，特别是夏天，不下雨时，浅浅的河水缓缓地流淌着，这对于爱山水的人来说，多少算是点欣慰。天气热时，瓦屋里常有不懂事的孩子下到水里，掬掬水撩撩脚，仿佛在追寻老家的记忆。每逢这时，大人的斥责声就会传来："河水不干净，当心水怪把你们冲走。"

这片瓦屋前，靠近我们工厂这边，有一棵玉兰树，不知是什么时候种的，长得高大葱郁。每年3月份开始，一树的白花开得如云朵如锦缎，每次走在树下，那种芬芳浓烈得能把人熏倒。天气热的傍晚，玉兰树下围坐着大人小孩，大人们穿着工服，有的男人光着膀子，小男孩则光着身子跑来跑去。大人们唠着嗑，说故乡、谈工资、谈工作……也有人提着一袋子瓜子花生什么的，一边聊天，一边吃一边往地上吐，仿佛他们要吐出生活中所有的苦似的。

这些住在瓦屋的人，除了司机外，大多数都是流水线上加班加点的普通工人。在异乡，这些农民工付出血汗与青春的代价。他们中的大部分人安于现状，只要每个月有工钱拿，能够寄回老家一部分，就算是满足了。也有不满足的人，总是频频跳槽，结果一年荒废一年，到年终也没赚到什么钱。我丈夫的四堂弟就是这样的人，这山望着那山高，又不肯好好学个一技之长。结果每到年关总是两手空空，一连三年都没好意思回家。

那时候，老村这一带的地面都没有硬化，坑坑洼洼的，土圪垯也多。货车每次进出，来来往往，总是像跳舞一样，扬起许多灰尘，惹来瓦屋的人半真半假的一阵子臭骂。开车的司机气不过，也提高嗓门回吼："有本事，你们别住这里，搬到楼房里去呀！"说完便一踩油门跑远了，嘴里还嘟囔道："工厂搬到这里，算是给章阁村带动经济，可章阁连路都不好好修一条。"

二

时光流转，生活安然地向前奔走。那些快乐也好，忧愁也罢，总是被健忘的人们抛在脑后、踩在脚下。不远处的章阁村支部，默默地守候在路边，仿佛在等待着什么。

站在工厂的屋顶向山脉里看，隔着重重的树木，可以看到里面依山的低凹处，其实还有一个很大且平坦的跑马场；再远些，还有一片波光粼粼的水库；还有一幢幢不整齐的小房子，冒着炊烟。因为我们厂的地势较高，跑马场这里是一片平地沙土，它靠近我们工厂的这一方慢慢地成了斜坡。由于长时间没有人走动，斜坡上全是密匝匝的荒草，高低不同的树木夹杂其中，加上一道人工的屏障——高高的铁丝网带着倒钩，一直隔到我们工厂脚下的白花河跨到对面山脉。铁丝网的阻隔使我们工厂与跑马场那边，成为两个世界，也使得沿着小河游玩的人走到了我们工厂脚下，只得调头往回走。没有谁去翻越那个铁丝网，那些扎进泥土地的藤蔓刺树，牢牢地竖起一道墙，拒绝我们以任何快捷轻易的方式走近并打开它。

有个星期天，不加班。我再也按捺不住好奇心，央求丈夫和我一起走动走动。我们走出老村，左转，顺着村支部后面这条章阁路，沿山脉绕上一大圈子，穿过好多田塍与菜地，才算进入跑马场这一带。阡陌纵横处，不时出现种菜的小屋子，然后就是水库（或者称大池塘）和跑马场。据说来这里骑马玩的人都是有钱人。他们在里面吃饭会友、骑马、跨栏、给马喂草。这座水库的地势稍高一些，隔着一个低洼的跑马场，看向我们工厂这边，似乎成了波浪形，两边高中间低。

这个水库，沿水边被一栋栋竹木屋包围开，木制的阳台伸进水上方，竹木屋有两条粗壮的腿浸在水里，像高腿的怪鸟。许多人在此钓鱼，有男有女。靠白花河这一边的空旷处，有一个乐农山庄，依水库而筑建，它的上空，飘荡着氤氲的烟火气，香味很浓。树木掩映下，一排排的竹木制屋，原始古朴，在乐农山庄边松散地分布着，高矮不同，次第耸立，错落有致。服务员穿着统一的服装，一个个面带微笑，跑前跑后。这个乐农山庄集休闲、娱乐、养生、餐饮于一体，是那些年章阁村顶尖的高档消费场所。

寂静的岁月里，白花河从乐农山庄的背后缓缓地流淌到人们面前，许多生活垃圾都从这里被倒入河流。乐农山庄圈养的家禽家畜，我们一靠近，它们就发出各种叫声，此起彼伏。在这一片田园山庄里，菜是自己种的，猪鸡鸭鹅是自己养的，鱼也是自己养的……而在种植养殖开饭店的同时，生态也遭到了破坏。只可惜，那时大家都不懂。

改革开放初期，各地把发展经济排在第一位。摸着石头过河的同时，也会碰上突发事件，不知如何处理、应对。唯有在时光的推移中，慢慢地找准路线方针。

三

偶尔，黄昏时分，迎着微凉的夜风，我和丈夫一起步行到水库边。站在堤坝上，看林间的绿涛起伏，听浪花漫不经心地拍打着堤坝，有小鸟扑腾一声从眼前掠过，青蛙清脆地"呱呱"叫着……静静聆听，心情变得美好而又舒畅。工作的疲劳、压力与乡愁，一扫而尽。

不远处，夜幕下的章阁村，每个窗口都亮起一盏橘黄或粉红的灯，繁星点点般分布于每栋楼宇上，每一盏看上去都是那么温暖，它们守候着别人的幸福，也守候着我们。望着那一盏盏灯，我的思绪总是会飘飞起来，顺着回忆的指针一路倒退。

因我与丈夫勤奋努力，靠着踏实肯干的劲头，来章阁村的第二年，我就从流水线的工人做到文员的位置，我丈夫也当上了车间主管。随着《劳动法》的完善、工厂待遇的提高，我们对生活前景充满了希望。后来，我又努力地学习了电脑知识、学会工厂的各种技能，一路上踏踏实实地前进。在忙碌的工作中，不忘时时学习、充实自己，紧跟着时代的变化，不断地改变调整自己的步伐。

随着时光的推移，我们的生活情况越变越好，工资也涨了许多。所谓天道酬勤，我丈夫的职务一路飙升，最终升到"一人之下万人之上"的位置。2008年，我也从文员升到资材部主管的位置。

我深信：命运，总是会眷顾努力的人。

2009年，我们工厂搬到现在的章阁村澳门工业区。我们曾经生活的老村，与我们之间隔着新村、超市、综合市场和一大片居民楼等。由于总是加班加点工作，我们很少回去看望它。有一次黄昏，我们回到老村的小河边，想去看看工厂旧址。发现一台台的挖掘机在河边忙碌着，它们清理着河里的淤泥。河流两岸，有许多民工，用石头水泥一块块地砌筑着一道"防护墙"。村支部门前的空阔处，堆满了沙子、水泥、石块等。

看来一切都在不知不觉中发生了变化。厂房一栋接一栋地盖了起来，大小百货店、超市也都开得红红火火。外来人员穿梭在各栋楼层里，与本地人的生活融合一起，小日子过得风生水起。

2013年夏天，我儿子放暑假过来了。一天傍晚，他说要去村门前那里打篮球，我大吃一惊："你跑到老村去了？我也去看看，好久没有去了。"

我们一家三口，整整齐齐地回到我们当初搬离的小河边。当我站立在村支部这边时，彻底地惊呆了。当初的土圪垯地带，已做了路面硬化，有两个小型篮球场，而且还刷了绿色。旁边有观望台，一层层的水泥石条，一层比一层高，可以容纳不少人坐在上面呐喊助威。儿子很快进入场地，跟着几个半大的小青年一起打起了篮球。望着篮球场上奔跑的追风少年，我感觉自己像在一场梦里。

如果说篮球场让我颇为惊讶，那么靠河边这一侧的游乐设施同样使我吃惊不小。许多大人和小孩子，一个个或玩着跷跷板、滑梯，或翻单双杠、扭腰等。出于安全考虑，这里的一些地面没有硬化，而是铺上了厚厚的塑胶垫。每个前来游玩的人，脸上都带着灿烂的笑容。

抬头再看稍远几步的地方，老村的那个池塘竟然变成了"湖"，池塘中心有假山有喷泉。池塘四周用石块砖头水泥砌得牢固漂亮。正对着这座池塘处，有一个新修的大宗祠……想必，如今的祠堂路就是因此得名的。

沿着河边，再往上走几步就是那棵玉兰树了。这里的地面铺了一层红砖。玉兰花的近处，还修了一座水泥桥，连接到对面的居民新村和山脉。小河边的人，直接从这座桥走到对面，就能抵达章阁新村的超市、菜场等，不用再绕道走村支部那边的章阁路了。

站在桥上，我望着夕阳下的小河，它波光粼粼地跳动着流淌着，无声无息。小河的水质清澈了许多，流水中再也没有垃圾杂物了，而且这里的两岸河滩都用水泥砖头层层砌住，河岸被牢牢地加固了，泥土不再流失到河里。

这里的坡微微开始上斜，坡顶端，就是当初我们搬离的工厂。没想到几年不见，这里长满了树木花草，许多花朵摇曳着，一些不知名的小鸟叽叽喳喳着，仿佛欢迎着我们回来。

我一时兴致大发，缠着丈夫陪我沿着河边往前走去。沿河边散步的人很多，有跑步的，有戴着帽子钓鱼的，有下水摸蚌的，还有骑着自行车的。我抬头往前看过去，昔日的铁丝网早就不见了踪迹，人们在这里自由自在地出行。我与丈夫雀跃地往前紧跑几步，跳上两条田埂，往日的跑马场早就变成了菜地、草莓园。

不远处，那个水库在霞光里泛着温柔的光泽，是那么安然恬静。它身上的那些竹木屋不知去了何方，乐农山庄也不见了踪影。我不住地惊叹着这里的变化，突然听丈夫说道："你还以为是生意不好拆的呀？你看看河水，为什么变好了？也看不到一次性碗筷什么了。以前山庄在这里，污染很大的，制造的垃圾太多。现在各地政府都要响应党的号召。绿水青山就是金山银山。"

我恍然大悟。

令我震惊的还在后面。今年2月下旬的一个周末早上，我和丈夫又回到了老村散步。令我万万没有想到的是，村支部前面的棕榈树不知什么时候冒了出来，直挺挺的十几棵立在那里，成为一道风景。昔日的小河边，砌了不锈钢扶栏，靠老村这边，沿河种植了一排细叶榕，仿佛与对岸新村的大叶榕比美似的，宽大的枝冠为人们遮阴纳凉，树下的石条上坐满了打牌、下象棋的人。

篮球场上依然热闹非凡，这里曾有的健身娱乐设施往上搬移了，原来的地方建起了一个个不规则的篱笆坛，中间栽培着各种小树小草，竹子、木棉夹杂其中。竹制的篱笆显得古朴典雅，田园风光味道正浓。有人在坛边的人行道上带孩子，有人手挽手散步，有人唱歌。往上走几步，只见有许多大人小孩子正在运动器材上健身。看来，这里完全变成了公园。

隔着树荫望过去，那一间间的瓦屋，在清晨的阳光下，正泛着粉白色的光泽。它们不知什么时候翻新刷白了，变得这么美，黑瓦白墙，在蓝天白云的映衬下是那么好看。一辆辆车，顺着瓦屋前的祠堂路往我们厂的旧址开过去，司机再也没有一身尘土一身灰的愤慨了。我抬头一看，原来旧址已被改为"老村片区白花河公益免费停车场"。

我沿着老村的白花河边往前走去。脚下的路早就变成平坦的水泥大道，高高的水泥防护栏到了胸口这里，每走几步，就有一条写着环保标语牌子出现：严禁向河道倾倒垃圾。

如今这条白花河，在老村这里成为绿色走廊，硬化的水泥路面一直延伸到山谷里。人们带娃遛狗、跑步骑车。走着走着，不时会碰上一个环卫工，拿着长镊子、提着垃圾袋、穿行在人群中。

河滩上长满了荻苇、芒草、牛筋草，开着白色花朵的鬼针草一堆又一堆，摇曳多姿，一些蝴蝶上下翻飞。我们一路闻着泥土的芬芳，看浅浅的清清的河水细微地翻滚着，向前奔流。人人脸上洋溢着幸福灿烂的笑容，一如白花河的水流，干净纯粹。

一个地方的发展，重要的不光是经济，还有环保民生。章阁村领导在意识到问题之后，在不断发展经济的同时治理河流，还人们一片休闲舒心的场所，从而让生活在章阁村的人，于来来往往间，青山绿水可寻可依，回味幸福，品尝甜蜜。

穿花沾粉巢巢香

但凡从农村出来的人，没有不知道手艺人的。哪家若有个手艺人，生活肯定会好一些。虽然从某一方面来说，手艺人干的活儿也是苦力活儿，但各行的技术含量也不低，行行都能出状元。总归我们那里有一句土话："千好万好，不如一技在身好。"这"一技"说的就是一门手艺。

一个人若有一门手艺，无论走到哪里，都不愁一碗饭吃，还备受尊敬。听到那一声声"师父师父"的叫喊，心里头乐开了花。

我们老家方言中有"生计"两个字，拆开来看就是"生活计划"。能把生活过得下去，还过得好，确实是需要一番计划的。所以，从小时候起，家里有男孩子的贫困人家，多半会让孩子拜一位师父，学个手艺啥的，不至于将来为吃穿发愁。

那时，农村常见的手艺人，有瓦匠、泥匠、剃头匠、漆匠、篾匠、铁匠、木匠等，这些也许大家都见过，不足为奇。我今天要讲的是蜂匠，所谓的蜂匠，就是养蜂的人。从人数上看，养蜂人的确很少。我们一个大队（现改村），不过四家。现如今，听说只剩一家人还在养蜂。可见，这个手艺活儿还真不是一般人能坚持下来的。

一

从我有了记忆起，我的父亲就在养意蜂，意蜂就是意大利进口的蜜蜂。中国人养的大都是意蜂。意蜂的身体多是棕黄色与黑色环带，头尾部的黑色明显一些。当然，也有人养中蜂，也称土蜂。一般来说，这种中蜂不适合在寒冷的地方养，它的存活率比意蜂低许多。

不管是哪个品种的蜜蜂，它们之间都是分工合作的。蜂王是雌性，一个蜂箱只能有一个蜂王，它统领着一个团队。工蜂负责采蜜，雄蜂负责与蜂王交配。工蜂寿命很短，它与雄蜂一样，寿命一般来说是三到五个月左右；只有蜂王才可以活六年左右。在春夏秋时期，只要有蜜源，死亡与新生就更迭得相当快，任何时期打开蜂箱，都是密密麻麻一片，嗡嗡的声音传入耳膜，听得人头皮直发麻。

每年开春，万物苏醒，芳草萋萋，桃红李白，绿油油的草垫寸寸加厚。许多小花仿佛凭空冒出来似的，一夜间开始芬芳起来，那金黄的油菜花、紫色的菜籽花，在春风里摇曳出别样的风情。这样醉人的季节，慵懒了一冬的小蜜蜂开始出门采蜜了。

这些能够出门的小蜜蜂，经历了冬日的严寒，一部分同伴死于寒冷之中，存活下来的算是相当幸运。当然，养蜂人也有跟着季节走的，不必在家里过冬，哪里暖和往哪里去。这些靠天吃饭的养蜂人，在年成好的时候，多少能赚一些钱，置办完家里的一切开支后所剩无几。如果某一年雨水多，养蜂人还要掏钱买白糖喂养蜜蜂，自然会亏损不少。

一群群的小蜜蜂，飞到漫山遍野的花枝上，把花蕊里的花蜜吸进嘴里，然后回到蜂巢里吐出来，存在巢洞中，当蜜差不多满了时，工蜂又分泌出蜂蜡封住蜂巢，这时候，养蜂人就知道要开始打蜜了。打蜜有专门的工具，叫摇蜜桶。

每次打蜜，我父亲就全副武装，戴着防蜂帽，戴上手套，裤脚扎紧，然后抽出蜂脾（也可叫蜂框），这时的蜂脾早就不是当初购来的那种薄薄的巢础，而是被蜜蜂分泌出来的蜂蜡沿着础型做成的厚厚的巢穴。父亲用长刀片割掉一层薄薄的蜂蜡，那一个个巢穴里，晶莹剔透的蜜让养蜂人看了心情大悦。带蜜的蜂蜡放在盆子里，来来往往的邻居都会用手拈起一块，放在嘴里嚼了个满嘴蜜甜，也有人用这割下来的蜂蜡泡茶泡酒。那一巢巢的蜜，既有蜜蜂天然的本能勤劳酝酿，也是养蜂人的辛苦结晶，两者相辅相成。没有这些养蜂人，我们到哪里能寻到这些舌尖上的营养美味呢？

父亲的双手各捏着蜂脾的一角，用力地一一抖动，蜜蜂就掉在蜂箱里，一部分没有掉落的，就用一把软毛刷正反一刷，蜂脾上的蜂子全部干干净净的。然后把蜂脾放在摇蜜桶的框架里，摇动手柄，在高速转动中，蜂巢里的蜜被摇进桶里。在摇蜂蜜的过程中，是最容易引来蜜蜂的，它们隔着衣服就能蜇人。常常蜇得人两条手臂一块块地红了起来，而有的人被蜇过后，皮肤过敏，则可能引起大面积的红肿甚至死亡，这就是蜂毒在体内发作的状况。

养蜂人平时除了看蜂情、打蜜外，还要提取一个最重要的分泌物——蜂王浆，又叫蜂乳。蜂王浆是工蜂咽头腺的分泌物，主要是供给将要变成蜂王的幼虫吃的。它的营养价值、蛋白质价值相当高，含有人体中所必需的八种氨基酸。

幼蜂虫一开始没有人能分得出来雄雌，在生长的过程中，个头变大一些的幼虫就是雄蜂，然而蜂王与工蜂的幼虫是一模一样，仅仅因喂养的天数不同，命运就千差万别。如果拿幼虫来培育蜂王，就需要把幼虫挑出来一些，单独放在特制的大些蜂巢里，具有"神虫"之称的工蜂，自然就能感知蜂巢的大小。在这些特制的大蜂巢里，工蜂们一年四季会吐出蜂王浆喂养它们，这些长期吃蜂王浆的幼虫慢慢地长成了蜂王；而那些只喂养三天蜂王浆的幼虫，后期就吃花粉与蜂蜜长大，成为工蜂中的一员。

考虑到蜂王浆的价值，我父亲这些养蜂人，经常在春夏时"骗"工蜂。他们把特制的大巢蜂脾放进蜂箱，再放入幼虫。那些成年的工蜂以为是蜂王，天天忙碌起来，在花源与蜂巢之间进行马拉松比赛似的奔跑，天天吐出蜂王浆喂幼虫，所谓"春蚕到死丝方尽"，也不过如此。躺在蜂王浆上的幼虫，还没有等来长大的机会，就会被养蜂人用镊子拈出来扔在地上，成为鸡们的盘中餐，有时父亲也会用这些幼虫泡酒喝。蜂巢里有着甜甜的气息，用小小的毛笔刷一卷，便能抽出来白白的糯软的一团，把毛笔在一个瓶口刮净，蜂王浆便跌落到瓶底。就这样一点一点地取浆，毛笔换了一根又一根。

养蜂，最累人的活儿就是取蜂王浆，一点一滴，一个一个蜂巢用毛笔往下"挖"。这倒也罢，坐在凳子上，一只手拿着蜂脾，另一只手拿着毛笔，蜂脾的一角放在膝盖，养蜂人低下头弯下腰，半天不能动弹，屁股、腿、胳膊全都酸疼。

我哥哥每次取蜂王浆都要絮叨半天，嚷着累呀苦呀。不过，每次望着瓶里的蜂王浆，他就很有成就感。

因为蜂王浆不易于高温下存放，加之贫穷的年月里，家里又没有冰箱。所以蜂王浆一出巢，只要够两瓶，养蜂人就会马上送到县城去卖掉，再买来家里所需的生活日常用品。

养蜂的过程中，最费心的是防治蜂螨。这一切，靠的是一个养蜂人长年对蜜蜂仔细观察了解总结出来的经验。蜂螨就是蜂病，这是蜜蜂的主要"克星"。蜂螨主要寄附在幼蜂或成蜂身上，细小，呈黑褐色状，不注意观察是看不出来的。当蜂箱内有大量的蜜蜂死亡，或者蜜蜂出现残肢状况时，不用说，定是螨病大面积爆发了。这个时候，无论是蜜蜂的身体机能或者采蜜能力，都会下降得很厉害，如果任由其发展，整个蜂群会全部死亡。所以说冬季的防疫及初春的治疗都相当重要。养蜂人会提前把滑石粉或螨磺撒在蜂箱底和蜜蜂爬行的进出口；蜂脾上就用杀螨剂逐脾喷治，同时蜂箱里里外外都要喷洒药水。

蜜蜂的天敌还有蜘蛛、马蜂。马蜂也叫胡蜂，个头大，攻击能力强，不仅会明目张胆地来抢蜜，而且会凶狠地攻击蜜蜂，会咬死它们。每次马蜂一来，蜜蜂就会团团盘旋在蜂箱上空，乌泱乌泱一片，"嗡嗡"声巨响，双方战争进入白热化。若马蜂大批前来，我们只得点燃火把，它们闻到烟味就会四散，来不及跑的，会被熏落，掉在地上，我们就会把它们扫到一边，踩死马蜂，而掉落在地的蜜蜂，一会儿就会慢慢苏醒，重新飞回蜂箱。

二

说起养蜂人，这里我不得不提起我丈夫。打十四岁起，他就被父母送进他本家叔叔那里学养蜂。而他的本家叔叔与我家又在同一个大队，相隔有三四里地吧。这些养蜂人之间，经常要搭伙结伴去卖蜜或异地追赶花期，这样的情形下，我丈夫结识了我们一家人。

所谓追赶花期，就是根据各地不同季节的花期，请来运输车，把蜂箱抬上车，一路南下，运到有花源的地方赶鲜蜜。这种跟着季节流动的养蜂人，多半历经了颠沛流离之苦，在异乡还会遭受当地人的各种刁难欺负，甚至要请当地村干部出面或搬离到下一地。有时在异乡，即便到了年关，为了多打蜜多赚一些钱养家糊口，养蜂人多半也是不回家过年的，常常会到来年春天才回家乡。这个时候又得请车装上蜜蜂，昼夜不停地往家里赶。赶上家里的花期，顺便与妻儿老小团圆一下。那时我家里的农活儿大部分都落在我母亲身上，待到哥哥长到十二三岁，他又成了父亲的帮手，跟着去外面走南闯北地养蜂。

我丈夫身为徒弟，自然讲究着师徒之间的礼节规矩。他那时吃住都在他师父家，自然要勤劳有加。师父家里水缸没水了，他一挑挑地从半里地挑回来，直到水缸装满；师父家里米面没有了，他得跟随师父从镇上购回来，那时没有车，都是肩挑背扛；逢上插秧割稻，他是打头阵的主力军……总之，他既是师父的徒儿，亦是他家的长子。苦累脏他都不怕，有啥活儿干啥活儿。不光这些，有时几家拼车去市里售蜜，他抄近道来我家通知。运输车过来时，他自然也会亲自上阵帮忙，撸起袖子帮我家人扛起蜂箱往车上放，累得汗流浃背也不肯歇一会儿。

在这样的眼力见儿下，他的师父自然对他喜爱有加；而我的父亲哥哥也很喜欢他，说他为人直爽侠义，干起活儿来不藏奸不使诈。一起吃饭的时候，我父亲就会跟他讲解养蜂中的各种细节问题，比如：一个箱子分框不要多，最多放四五脾（框），多了，蜂箱不容易散热；每次取蜂，不要把蜂巢的蜂搅得太干净，没有蜜，蜜蜂很容易跑掉……诸如此类的问题，他都耐心地听着。

大千世界，冥冥之中，谁也不曾想到，因为养蜂，他跟我家人结识，为我们的情缘埋下了伏笔。

四年的时间下来，我丈夫从他师父那里出师了。按照事先的约定，他没有工钱可拿，他师父赠送十箱蜜蜂与他。此时，因为收购商少，养蜂前景暗淡，蜂蜜价格相当低迷，加上各种辛苦，同行人都开始把蜜蜂处理掉了，这种情形下再养蜂就没法生活下去了。家里的日子要过下去，加之改革开放又深入内地，农村人都开始外出赚钱养家。我丈夫便跟他师父讲好，暂时不要蜜蜂了，跟着同乡南下深圳。

同年，我哥嫂也不再养蜂，他们去了青岛打工。至此，我们家便结束了养蜂的历史。

命运，总是那么神奇。时隔六年之后，我丈夫亲自上我家提亲。彼时，我才算是第一次见到他。之前我一直在学校上学，只听得家人对他的各种夸赞，算得上只闻其名不见其人。

因为养蜂，我们牵手走在一起。

三

命运总是让我们一家与这些"神虫"有缘。2014年春天，一群中蜂跑入我们所在的观澜工厂，落在荔枝树杈上，我丈夫拨开蜂群捉住蜂王。他开着车到羊台山临时买来一个蜂箱，把蜂王放了进去，工蜂便一个个钻入蜂箱。

就这样，我丈夫又开始与蜜蜂打交道。闲暇之余，他在花前枝下与蜜蜂为伴。这些中蜂由当初来的两箱变成现在的十箱。南方的花期长，从荔枝蜜、龙眼蜜到百花蜜，每年都会打出一些。每次打蜜的时候，同事熟人都守在旁边，蜂蜜很快被抢购一空。这些与时俱进的人，都知道蜂蜜营养丰富，含身体所需的多种元素，有清热解毒、缓解疲劳、消炎健肠、保肝等妙用，常饮能提高身体免疫力，有助于睡眠。

那一巢巢的甜蜜，缓解稀释了生活的苦涩。饮一口，唇舌生津，满嘴蜜甜，幸福的滋味爬满心头。

茶酒二三事

茶、酒这两样入口的东西，在中国是人们日常生活常见的饮品，究其根源，一来与老祖宗留下的饮食习惯有关，二来这两样东西，的确有它们的好处。苏轼曾写道："酒困路长惟欲睡，日高人渴漫思茶。"酒与茶同时出现，可见它们早就与日常生活融为一体，深入寻常百姓家。

与苏轼同时代的杜耒，一句"寒夜客来茶当酒"，更说明了茶与酒在精神上有共鸣相通之处。

暗香盈袖酒先行

"东篱把酒黄昏后，有暗香盈袖。"把酒喝成一种文化、一种文学，这就是一种高品格的境界了。

在古代，许多文人骚客，三五成群，一边喝酒猜拳，一边从中寻找灵感，写下许多不朽的诗篇。

唐代名妓薛涛，不但能奏乐唱歌，吟诗作画，而且熟知古今名人逸事，再加上她谈吐风雅多趣，气质高贵娴雅，因此受到许多文人名士青睐，常与他们通宵达旦地饮酒品诗。她才气超群，与元積、白居易、杜牧等诗人都有唱和。薛涛有诗专集蜀刻本《锦江集》五卷，这些诗赋文化，从酒中喷薄而出，都是有史书记载的。

杨贵妃醉酒出浴，双颊一抹酡红，是那么的明艳动人。李白端起酒杯，为美人吟出千古流芳的《清平调》。彼时的酒，是攀附权贵的写照，是文化精神的另一种突破，是诗词开花结果的走向。想想"仰天大笑出门去，我辈岂是蓬蒿人"，有多少豪迈洒脱在其中？从酒仙到诗仙，一个极其漂亮的华美转身，左手持杯，右手写诗，往往只是一念起，许多悠远的美妙诗赋便在酒里酝酿，流传出来。

李白、杜甫、白居易……一座座大唐的诗碑，从一只只酒杯中，鼎盛站立起来，散发着盛世王朝诗歌文化的荣光。

沉浸在酒中，一首首诗词散发着芬芳，千百年来，酒寄托了文人墨客的浪漫才情，或忧伤，或寂寞。宋代词人李清照，她在微醺中幽幽写出："昨夜雨疏风骤，浓睡不消残酒……"此小令一出，人人称赞，从而奠定了她的才女地位。

这些诗人词人，一个个地在酒里找到灵感，酒成为下笔的源泉，催生了一首又一首的诗词。无论是街头巷尾，还是朝堂大厅，无不是饮酒作诗之地。

一代伟人毛泽东，也曾因酒作出"把酒酹滔滔，心潮逐浪高"的词句，在《蝶恋花·答素淑一》中也写道："问讯吴刚何所有？吴刚捧出桂花酒……"酒与诗，就是这样相辅相成，所谓秤离不开砣，砣离不开秤。

古来圣贤皆寂寞，唯有饮者留其名。

说起酒，我不由得想起我那爱喝酒的父亲，他每顿饭都要呷几口，真可谓无酒不欢。小时候家里穷，在我印象中，那时的酒有二锅头、纯粮酒、宝丰，还有一些记不得名字的便宜酒；到我年纪大一些的时候，父亲喝上了习酒、劲酒、蒙山老窖、五粮液等。一个人时喝，一家人一起时也喝，来客时喝，不来客时也喝，酒完全成了他生命中不可分割的一部分。彼时，酒在他眼里，既能当茶又能解渴，冬天还能取暖，醉眼蒙眬之间，父亲一个人沉浸在酒中。

有时候家里来了客人，父亲免不了多喝几杯，喝到兴起时，他就会手舞足蹈，唱几曲豫剧。有时趁着父亲高兴，我也会问他，为什么要喝酒，他就会把话题扯到活血通络、提神上去。有月亮的晚上，当过教师的父亲还会吟上几句："明月几时有，把酒问青天……"

就是因为他这爱喝酒的嗜好，到我适婚的年龄，许多上门提亲的人都会提着一瓶又一瓶的酒。我丈夫出手大方，好酒好茶提上门来，就这样赢得了我父亲的心，直到现在，他依然年年买好酒孝敬父亲，父亲逢人就夸他这个小女婿孝顺。但凡我提起姻缘，我与丈夫都会打趣说："茶酒为媒。"

今天的文人作家采风聚会，左手酒右手茶，划拳猜谜，吟诗作对，品味心中悲喜，品味世间人情世故。无酒不成席，无酒不出作品，他们一边喝，一边吟诵白居易的"绿蚁新醅酒，红泥小火炉……"既增加了彼此的情谊，又能借着酒劲，在呼朋唤友间，诗词文章写得越来越好。

中国的习俗，流传了五千年，祭祀时，酒是必不可少的祭品，想起"清明时节雨纷纷，路上行人欲断魂。借问酒家何处有，牧童遥指杏花村。"那一场淋湿千年的杏花酒，高举头顶，酒洒黄土，略表寸心。在这个忧伤的节日，酒做了恭恭敬敬的先行者。

逢年过节，把酒言欢的时候，从彼家到此家，感情温馨诚挚，好热闹的饮者，有时还以划拳论出高低输赢。成年的男女饮着白酒、红酒，既能生津活血，又可以提神解乏；小孩子们，喝着米酒，保暖祛寒，又能解馋。

闻着空气中弥漫着的酒的芬芳，幸福的生活在酒杯中荡漾，述尽人们内心的诗情画意。

舌底朝朝茶味香

作为世界上最大的茶叶出口国，中国是茶叶的故乡。2015 年，考古人员在浙江余姚田螺山遗址发现了人工种植的茶树遗迹。这是中国河姆渡文化的一个重要遗迹，这一发现，将中国先民种植茶树的历史推到了六千年前。

六千年，对我们来说，也算得上"远古"的时代，用咱老百姓的话讲：那是很久很久很久以前的事了。

茶叶在先秦以前，是直接食用的。那时的人们普遍认为，茶是一种能够增加营养，并且是祛除毒素的好食材、好药材，所以，他们是直接用来入口吃的。由于茶叶味道苦涩，后来人们就开始尝试将饭菜跟茶叶混在一起食用，还要加入各种调味作料，煮成茶粥来吃。这种做法一直持续到三国两晋时代，之后，人们逐渐不在茶叶水中混入粮食，而是直接饮用茶水，直到今日。

出门在外，走亲访友，到处都有热茶招待。"清汤白开水"的时代早就过去了，乏味的水没有人喜欢喝，一杯茶在手，解乏除困，齿香生津。

在我们家里，无论男女老幼都喝茶。儿童一般喝淡茶，茶叶放得少，夏季饮用可以防止上火便秘。而我的父母平日里最喜欢喝浓茶，特别是我的父亲，他有两大嗜好，一为杯中酒二为闲情茶，可谓无酒不欢，无茶不饮。不管走到哪里，有一两个小菜招待，泡上浓茶一壶，酒杯一举，他就高兴得忘了回家。

从我有记忆起，当小学教师的父亲就爱喝茶，一旦放下饭碗，他就会端起茶缸饮几口，然后舒服地伸着懒腰，真可谓无茶不欢，白色的大瓷茶缸是他的专属。

每天早上一下床，父亲的第一件事就是烧开一壶水，抓上一把茶叶扔进大瓷缸中，再淋上沸腾的开水，盖上盖子，然后才开始慢慢地洗漱。

在我的印象中，那时的茶叶都是些不知名目的茶，多半是父亲从街市中流动的小贩摊上购来的，叶片很大，浮在水面上的叶片发黄且无光泽。偶尔，在县城工作的姑父也会拿过来一包好茶，有时是信阳毛尖，有时是龙井，有时是高山茶……父亲通常会把这点好茶密封好放进柜子中，视如珍宝，除了家里有客人来之外，他一般不舍得喝这些好茶。

日子如流水般向前奔腾，不管是在学校教书，还是耕田耙地，或是插秧秋收，我父亲的身边都有一大缸子茶水陪着他，从山沟到旱地，这些茶水陪着他走过一年又一年，走过焦头烂额，走进平和安详。

闲来无事时，父亲喜爱钓鱼，他通常背上一大军壶泡好的茶，行走在青山绿水间，父亲一坐就是一个下午，边钓鱼边饮茶，倒也自得其乐，他沉浸在山水田园般的诗意生活中，陶醉在品茗的幽幽乐趣里。

待到我适婚的年龄，家里的"媒人"来了一拨又一拨，我自认缘分没到，任凭一张张巧舌说得天花乱坠，始终不为所动。

直到一个偶然的机会，一位远亲带着一个姓杨的小伙子上门，他自我介绍了一番，说是来提亲的。小伙子长得端端正正，更让父亲高兴的是，他竟然提了两包茶叶和两瓶好酒，茶叶还是我们本地的名茶——信阳毛尖，这在当时可是名贵奢侈的礼物呀，直把父亲喜得当场泡了几杯。这开春的毛尖果真与众不同，芽叶大小相同，一杯沸水下去，浮起来的茶叶绿莹莹的，叶尖丰盈，再看一眼，一股香气扑鼻而来，轻轻地，酥软的……茶水嫩黄的颜色中带着一丝淡淡的绿，父亲一边饮一边说："这茶叶香呀，香呀。"

吃饭时，杨姓小伙总是主动给父亲敬酒倒茶，一再许诺，只要父亲爱喝茶，他以后会经常给父亲买。趁着父亲高兴微醺的当儿，杨姓小伙与父亲又聊起了茶文化，说中唐时期的陆羽被尊为"茶圣"，他所作的《茶经》，是世界上第一部茶叶专著——他的这番话愣是把我吓了一跳，想不到身边竟有人如此了解源远流长的茶文化。

这倒也罢了，他们偏偏还聊起了资料上没有记载的事情，说有一档央视节目，每晚讲史，有一晚讲起女真人时期，奴隶可以用茶叶来换，几把新茶就可以换一个奴隶。可见那时的茶叶已经作为货币在市面上开始流通了，且价值不菲。

听到他们的这番谈论，我真是受益匪浅。

这两个兴致很高的男人，又聊起了最有影响力的诗人白居易。白居易对茶怀有浓厚的兴趣，一生写下了不少咏茶的诗篇。他的《食后》云："食罢一觉睡，起来两瓯茶。举头看日影，已复西南斜。乐人惜日促，忧人厌年赊。无忧无乐者，长短任生涯。"诗中写出了他食后睡起，手持茶碗，无忧无虑，自得其乐的情趣。

杨姓小伙侃侃而谈，借着酒劲茶劲，他把我父亲身上的文人气全都勾了出来，一时之间，谈笑风生，看模样，两人恨不得结为八拜之交称兄道弟。

他一再为父母盛饭夹菜，饭后又收拾碗筷扫地泡茶，直把父母看得心花怒放，真是丈母娘看女婿——越看越欢喜。众人此时的情绪，因为茶与酒的媒介作用，得到最好的释放。捉襟见肘的贫困日子，因为有了茶水飘香的气味，有了茶水解乏除困的功能，过得滋润有声，生活也渐入佳境。

我那时在纺织厂上班，周末回家，父母说起这事，还在一个劲地夸杨姓小伙，要我同意这门亲事，说这位小伙真是打着灯笼难找，不仅勤快干净还会办事，又懂人情世故。

父母的话让我感到不可思议，回到工厂上班后便没有再理会。谁知隔了半个月回家，父母居然告诉我，他们答应了这门亲事，看着放在桌上的贵重的酒与茶，想到百孝不如一顺，我同意先再看看再说。

这一说看看不要紧，双方父母立马定下去集市见面，若无异议，当场就在小酒店吃饭。去集市的这一天，我仔细打量杨姓小伙，长相倒是有点小帅，但是个头不如我的意（我个子高），可是我父亲已经坐在人家订下的一桌酒席上，酒席正中间依然摆放着父亲喜欢喝的两盒茶叶与两瓶白酒。

就这么着，这杨姓小伙成了我丈夫。结婚之后，我丈夫逢年过节依旧是孝茶敬酒。随着生活水平的提高，茶、酒的档次也随之提高，从最初的一百多元到如今的四百多元，父亲看在眼里喜在心上，逢人就夸我丈夫孝顺，说自己的眼光是如何了得，看人看得如何准。

结婚后，我发现自己无意中成了"地主"，坐拥一大片山头，山头上栽满了茶树，每株及腰，一垄垄的梯田，四季常青。站在茶园中央，清风徐徐吹来，望着一望无垠的绿涛，面对层层叠叠的山脉，我感觉自己成了君王，有了一呼百应的威仪。

其实，不光我们那一片的山脉，在整个信阳市，许多人家都有茶园茶山，一眼望不到头，林场的茶园面积更是以万平方米来计算。

每年春天，春茶出来的时候，家家户户发愁，街道上的小贩催得紧催得急，但摘茶的人不多。好在这时，河南以北的农村人活儿不多，他们出来了，这些女人男人自带"坐骑"，乌泱泱的一群，分散在各大茶场。如若采摘头道春茶，那就是费时费力的活儿，一次只能摘下一片叶尖，一天下来，能摘两斤的人算是快手。一般来说，各茶场给的工钱每斤是四十到五十元。但若过了春季再来采摘，要求就不那么严格，叶片多而密，只要嫩，都会摘下来，一天摘三十斤左右不成问题，但工钱通常就是每斤四到五元了。

相对于大茶场来说，我们的茶园算是小的，所以只有自家亲朋来摘一些，春茶能卖个好价钱，过了头道春茶，便是自家人喝了。至于秋茶，家里人手不够，只能任凭茶树自己疯长了。

炒茶是个费力的活儿，这个活儿很少有人会干，一般的人家会请一些师傅。好在我公公是个炒茶高手，在一口倾斜的大铁锅前，他高挽起衣袖，抡起大竹扫把，不停地在锅里炒着，叶片翻转不停，这道工序叫杀青。杀青过后，感觉叶片发软，便熄火把茶叶倒入一个大簸箕，趁着叶片发软，一家老小将它们揉捻成卷，再倒入锅里均匀受热，之后翻炒烘焙。

茶叶的色泽成色，与炒功有很大的关系，炒茶时不急不躁，茶叶便不老不黄。

中国的茶叶品种多达上百种，但出名的也就那么几种，比如铁观音、信阳毛尖、西湖龙井、六安茶、碧螺春等。就色泽方面来说，不外乎"红黄绿黑白青"六大茶类，两广一带喜好红茶，福建人喜好乌龙茶（青茶），江浙人喜好绿茶，而北方人喜好花茶，西藏新疆等少数民族聚居区则喜好茶砖（黑茶）。

一杯茶在手，多少话语的流转，都带着一缕清香甘甜。看着茶叶的沉沉浮浮，我对人生充满了感悟：心随流水去，身与浮云闲。

明月情

一

"但愿人长久，千里共婵娟。"每逢中秋节，有谁不思念远方的亲人呢？作为中秋的主角，月亮与月饼，给我留下了难以忘怀的记忆，不管是美好的，还是伤痛的，这些记忆与我外婆有关，也与我自己有关。

我的外婆生于 1931 年，是信阳市彭家大户的第一个千金，家世显赫。可以说，青少年时期的外婆一直过着锦衣玉食的生活，她在私塾中，在"之乎者也"中慢慢地长大，从琴棋书画到裁剪女红，她样样精通，都拿得出手。

然而，随着抗日战争的爆发，中国进入了全面抗战的历史洪流之中，信阳也被日本侵占，战事吃紧。1938 年，不管有钱的还是没钱的人家，纷纷背井离乡开始逃亡，彭家人也分发了金银细软，解散了各房妻妾丫头长工。

这时候，外婆的妹妹弟弟与他们的堂哥们纷纷响应国家号召，都报名参军了。时值八月上旬，离中秋节只有几天的时间。眼前空荡荡的亭台楼阁，除了偶尔有麻雀飞过外，毫无生气可言。作为长房的子女，外婆下面也就一个妹妹一个弟弟，想到还有两天他们就要开赴前线，也许这一去就是永别，外婆悲从中来。在国家四分五裂的时候，她往昔的生活也宣告结束。她的母亲早两年因为和二房争风吃醋，一气之下上吊自杀了。而她，作为彭家唯一一个知书达理的后代，岂能给弟弟妹妹拖后腿？天下兴亡，匹夫有责。

外婆擦干担忧离别之泪，决定在家里做一顿团圆饭。家里解散大厨等用人之前，她从没有真正下过厨房，除了每年的中秋她跑去找大厨吵嚷要学习做月饼外，炒菜做饭算得上是刚刚开始的。好在她也聪明，不懂的事就去请教住在同一条街道上的奶娘，加上弟弟妹妹的帮衬，他们也算是勉强把不愿离开故土的父亲照顾得不至于饿肚子。

想到中秋已近，外婆决定做她最拿手最熟悉的月饼，她去奶娘家找来"糟子"（也叫酵引子），用温水化开，一边加面一边揉一边加水，和好面后盖上干净的白布，三个多小时后，一盆面膨胀鼓起，彻底发酵好了。

二

我的父亲是个孤儿，所以没有爷爷奶奶的我是由外婆带大的。我出生的时候差点窒息而死，是外婆倒提着我，把我救活了，她的果断救了我一命。外婆一把屎一把尿地抚养我长大，教我唱歌谣、认字、数数，我年龄稍长，她就声情并茂地为我讲故事，教我剪窗花。同世上所有的外婆一样，我的外婆疼我爱我，我那时半天不见她就会哇哇大哭。

晴朗的夏夜，天空中的月亮是那么明亮，像一盏高高挂起的灯笼。许多萤火虫在我们身边飞来飞去，我和外婆坐在门口的树下，我依偎在外婆怀里，外婆一边替我摇着蒲扇，一边教我认天上的星星，哪颗是北斗星，哪颗是牛郎织女星。

讲着"嫦娥奔月"的传说，有时候外婆会陷入一种沉默中，我与姐姐就会说："还讲还讲。"外婆就像是一本百科书，肚子里总有讲不完的故事。

听母亲说，在我刚刚会说话的时候，外婆就教我背诗。四岁这年的中秋节，小小的我与姐姐站在院子里，朗声背诗给外婆听，当外婆听完"床前明月光，疑是地上霜。举头望明月，低头思故乡"时，她的双眼湿润了。望着天上的一轮圆月，看着眼前的我们，听我们用稚嫩的童音一次又一次背着这首诗，她摸着我的头，发出一声轻微的叹息。

我的母亲很会察言观色，她赶紧把两块月饼塞进我与姐姐的手里，让我们到大门外找小伙伴们玩去。左邻右舍的小伙伴，各自拿着一块家中的月饼，互相争论到底谁家的好吃。有的是奶奶做的，有的是妈妈做的，就我家的月饼是外婆做的。小伙伴们吵嚷不休，无法定论，最后每个人都从自己的月饼上掐一点让大家品尝。我吃着别人家的月饼，有的像米糠似的很难下咽，有的倒是像面做的，但是很难咬下一口，分明是油放得少，还没有发酵好的缘故。

轮到小伙伴们品尝我家的月饼，个个都说好吃。这让我想起一句诗："玉食皆入口，此饼乃独绝。"其实，这一年，因为家里白面不多，外婆做月饼时还掺了一碗玉米粉呢，加上少油的缘故，色泽也不是那么好看，尽管如此，在此次月饼"比赛"中，外婆做的月饼还是拔得头筹。

贫穷的年月，穷人家的孩子鲜有零食，月饼，是过中秋节才有的零食。每一年中秋节的前一天，外婆便叮嘱母亲准备好做月饼的食材，穷人自有穷人的吃法。富人有红枣、花生、杏仁什么的可以吃，而在我们农村人家中，只可以吃到"菜月饼"，按我现在的想法，这种菜月饼应该是包子，只不过，外婆不想让我们在过中秋节时眼馋别人的，所以也借了月饼的名头，后来给它取名叫"外婆饼"。

我们一边在月光下背诗，一边吃着外婆饼长大。

我七岁那一年，中秋节这天，外婆把一盆头天晚上发酵好的面团倒在家中的木案上，拧成一个个包子那么大，吩咐母亲把剁好的青菜馅往里面包，然后压扁，挨个抹点油，最后放入蒸笼。青菜还差一点，外婆就对母亲说："园子里不是有一棵桂花树吗？"

我的母亲一下子被点醒了，赶紧跑到后山的菜园，不一会儿，母亲就拿回了一盆桂花，洗净剁好放点油放点盐，再往一个个面团里捏，压扁。

这天晚上，我们坐在院子里，破旧的小木桌摆放在中间，记忆中，桌上除了月饼外，还有南瓜汤，好像还有一盘萝卜什么的，记不太清楚了。闻着香喷喷的桂花月饼，我们姐妹几个高兴坏了，马上一人抓起一个吃了起来，咬一口，很酥，虽然月饼上的油很少，但对于我们来说，这已经是天下最好的食物了。

那年中秋节的晚上，满天的星斗闪烁，一轮圆盘似的银月从树梢慢慢地升到我们的头顶，人间一片光辉，我们仿佛沐浴在清澈的水流之中，一切都是那么美，那么和谐。

我与母亲、外婆坐在院子里，外婆指着天上的月亮，突然轻轻地吟道："明月几时有，把酒问青天，不知天上宫阙，今夕是何年……"她的声音那么好听，犹如唱起《红楼梦》《打金枝》戏文时那样，温婉动听，就连院子里的昆虫也停止弹奏乐曲了。

外婆停了下来，明晃晃的月下，我们看到两行泪水从她眼中流了下来。

"妈，你哭什么呢？"母亲说道，她进屋去拿毛巾。我则扑在外婆怀里，摇着她说："外婆不哭，外婆不哭……"

外婆接过我母亲递过来的毛巾，擦了一把泪，说道："今儿中秋，我想起你的阿姨还有舅舅们，他们都到了台湾？还是打日本鬼子战死了？"外婆的眼泪哗哗地流着，母亲的眼泪也哗哗地流着。

写到这里，我的眼泪也哗哗地流了下来。每年中秋月圆人不团圆的时候，外婆总是压抑着悲伤的感情，努力不提起她的亲人，却又偏偏忍不住想起他们。而今的我又何尝不是呢？把我一手带大的外婆早就在 1999 年冬天就离开人世，我想她念她，时常还能在梦中清晰地看到她的模样，醒来时枕巾湿了一大片。

古人不见今时月，今月曾经照古人。那些我没有见过的婆姨、舅爷们，成了外婆的一块心病。每年中秋节，疼痛都会从外婆的心中浮现出来，外婆终究没能翻过这个坎，心中念念不忘，她念母亲也念，母亲念我也念，一轮明月，照见三代人的悲欢。

那年中秋节过完后，我正式上了小学一年级，有一天放学回来，我没见到外婆，跟母亲哭闹了许久。原来，外婆在舅舅们的一再要求下，回到了她在黄家湾的老屋。好不容易挨到寒假，母亲赶了大半天的山路，把我送过去。从出生到现在，这是我与外婆分离时间最久的一次，我足足四个多月没见外婆，外婆搂着我，她哭我也哭。

从那以后，每年的寒暑假，我都住在外婆家不肯走。暑假快结束时，一般就是在七月底，想到要回家上学，我就急得想哭，生怕父母提前过来接我。瞅瞅中秋节不远了，外婆总是会提前给我过中秋节，给我做外婆饼。饼里有时放了糖，有时又有点芝麻，有时还有青菜。总之，菜园里能吃的，她都能做成五花八门的馅儿。

我上小学四年级时，小舅要去外面教书，外婆一个人在家，她便让我转学过去跟她做伴，我高兴得很快把父母抛在脑后。开学不到二十天，就赶上了中秋节，这天夜里，外婆照常做了我爱吃的月饼，我咬了一口，月饼馅竟然换成了豆沙的，甜甜的豆沙馅落在嘴里，一直甜到我的心窝。这倒也罢了，她还变戏法似的，给了我一些瓜子，和一个大苹果。这年的中秋节，对于一个穷人家的孩子来说，可算是一次最丰盛的中秋节了。

20 世纪 80 年代后期，人们的生活条件越来越好了，外婆才有机会做起她记忆中的五仁月饼。这五仁馅的月饼，搁在她心里四十多年了，在我读初二的时候，她终于实现了多年的心愿，做了回实实在在的五仁月饼，馅里有花生、瓜子、芝麻，加上肥肉、菜末。咬一口，酥香流油，实在是天下最好吃的食物。

看着我一口口地吞吃着月饼，她的泪水终于在这个晚上倾泻而出，那是暑假临近尾声快开学的时候，她替我盖好被子，慢慢地讲起自己家族中的许多往事。

在我长久的怀想中，隔着层层的时空，我看见外婆正在自家的厨房里给她弟弟妹妹做月饼——真正的清末五仁馅。都说瘦死的骆驼比马大，才解散的大家族，找一些残余的核桃仁、花生米、松子仁、麻仁、芝麻还是不难的，何况他们家楼下还有地窖。干燥的地窖里储存的粮食，除了一些分给了解散的用人之外，还存有一部分留着自己吃，如果地窖里也没有，出门就是镇街，怎么也能想办法置办一些。

外婆找来找去，终于配齐了这五仁馅，分量不算多，好在家里人也不算多，一人吃一个还是够的。她把碾碎的五仁包进面里，又一个个放在月饼模子里印上花样，待到放在蒸笼里，正要生火蒸月饼时，突然，一个军人跑了进来。

原来他们的部队要提前出发。就这样，她的弟弟妹妹抓起已经打好的背包，跟姐姐与父亲招呼了一下，转身就跨出了朱红色的大门。

那一蒸笼月饼，是外婆的"处女作"，望着它们一个个在蒸笼里悄无声息，外婆忍不住哭了，她跑出去跟街坊邻居们一起挥着手，看着军车越走越远。从此，她再也没收到弟弟妹妹任何的消息。

枪炮声离她们的街道越来越近。此时的外婆，在匆忙中下嫁给我的贫农外公，外公家住的地方远离镇上，在前不着村后不着店的偏僻乡下，弯弯曲曲的山脉中，沿途有一些小村庄，算得上与世隔绝了。

从那以后，每年中秋节，无论多么拮据，不管是用白面玉米面或者米糠，外婆总要捏出来几个月饼，蒸好，放在圆形的盘子里，给家人吃。

三

一晃眼，时间到了 20 世纪 90 年代，外婆一年年地老去，我上高中的那一年暑假，她还坚持为我做外婆饼。其实，那时的中国，大街小巷到处都有月饼，五仁夹心的比较多，硬邦邦的，虽然不好吃，但比起小时候，这时的月饼已是美食。

高三那一年的寒假，为了高考，我们要补课，有一次，我趁着周末去看望她，晚上去第二天早上离开。那时候，外婆的头发已经全白了，白色的长头发盘在脑后，梳着光光的发髻，她穿着自己做的偏襟上衣、黑色的宽棉裤，看起来仍是干净利索。

她那黑红色的嫁妆柜还在，厚实的柜门里，锁着零花钱，锁着我爱吃的大白兔奶糖，还有芝麻饼、麻花、麻糖等。一到她家里，她就给我打开柜门，让我随便吃，自己则到厨房忙活着为我做晚饭。

她头天晚上为我捞起泡菜，滤干水分，天没有亮就起床为我做好早饭，炒好泡菜。家里有些干豆块，她就把豆块和泡菜炒在一起，把我的瓷菜缸装得满满的，压了又压，她知道这是我一个星期的菜。我看见她把一个纸包装在袋子里，塞进我的书包，问她这是什么，她笑着说："月饼——外婆饼，这是我昨晚做的大米面饼，你今晚下了夜自习吃，天气冷不会坏，里面我包了豆沙的。"

天还没有完全放亮，她不放心我走山路，就打着手电筒送我，寒冷的风一阵阵吹来，我一再要求她回去，可她还是坚持送我走到邻湾，看着我与同学会合，才告诉我说："书包里我还放有零钱，你买点热菜吃，正在长身体，营养要紧。"

看着她慢慢地转过身，我差点哭了出来。走了老远，我回过头去看她，她还站在高高的山坡上，向我挥着手。这个画面，一直烙在我的脑海中。成为我生命中的一个慢镜头，永远无法割舍，时不时在暗夜中出现，在中秋节出现，让我辗转反侧，彻夜难眠。

时代在飞速发展，如今的生活，已经超越了我们当年的想象。每到中秋节，满大街堆放着五花八门的月饼，琳琅满目，看得人眼花缭乱，双黄的、水果的、蔬菜的、豆沙的、莲蓉的、五仁的……

只有想不到的，没有做不到的。色彩上，赤橙黄绿白红一片，让人目不暇接。但无论怎样变化，它始终象征着团圆，是思念与美好的寄托。

这些月饼，无论如何贵重，如何鲜艳好吃，与我记忆中的外婆饼相比，都不敢恭维。因为有一种食材，是这些月饼永远没有的，那就是"爱"；冰冷的机器模型，重复着单调的动作，没有人情，没有感情，是那么的机械化。

失去了"爱"的味道，包装再华丽精美的月饼，也是徒有其表。

坐在中秋月下，仰望浩渺的天空，想起我那绝无仅有的外婆饼，想起我的外婆，许多柔软的情愫爬上心头。一股甜蜜、酥软的味道，在我的舌尖滚动流淌……

自由地呼吸

　　每次去逛街，不管是去时装店还是内衣店，总会发现往来的人群中，男性只有少部分，大多数时候都是女性穿梭其中，年龄不一。内衣店里，不管是未婚还是已婚的女性，都在大大方方地挑选着胸罩与内裤，胸罩的款式与颜色相中了，先去试衣间试一下，合适了，就拿出来，笑嘻嘻地跟店员磨牙，讨价还价。这样的场景，是我们生活的一部分，太稀松平常了，每天都在上演。

　　说实话，这个镜头，让我一再感慨。逝者如斯夫，转眼间沧海桑田，一切都发生了巨大变化。这塑胸健形的胸衣，从无到有，算得上时代变革的产物。它让我一个出生在 20 世纪 70 年代的女性，从束胸时代走到塑胸时代，终于能自由地呼吸。

　　时光退回到 20 世纪 80 年代中期，暑假时我到了外婆那里。外婆正一针一线地为我缝制一件麻布小背心，这种小背心是黄白色的，很厚实，用的是她自己织的布，侧边有一排密密麻麻的纽扣。夜间，她把麻布背心往我光滑的身上套，我感觉到布料的粗糙、扎人。外婆使劲为我扣上纽扣，那些紧密的扣孔，似乎被撕扯得咧开了嘴。那时我刚上初中，胸部发育并不完全，但还是无法逃脱被勒紧、被捆绑的命运。我的上身被箍得凹凸不平，呼吸困难，乳房肌肉疼痛、不适，这些不适，我大姐二姐以及同学也都有。

"我不要穿这样的，我出不了气了，我快死了。"我抗议道，"我穿两层衣服就行了。"

"现在都穿这个，女孩子长胸了，夏天都要穿。"外婆一本正经地说。这位琴棋书画、裁剪女红全能的女人，似乎也被裹挟在时代的命运中，不知不觉间也为我们上了一道时代的紧箍咒，让我曾一度以为：胸，越小越美，裹得越紧越光荣。

"你就没穿。"我跟她狡辩。

想到同寝室的女同学，那些铁青色的脸，一马平川的身子，想到我的大姐二姐每晚脱下束胸，唉声叹气地数着身上的勒痕，趴在床上让我替她们揉着通红的后背的情形，我就恐惧、害怕，退缩想跑。

外婆呆了一会儿，有些愣神。这个出生在民国时期的女性，作为一个大家族的千金小姐，打出生起就开始穿肚兜穿绫罗绸缎。那时的肚兜，一来遮盖胸腹，起保暖作用，二来对于成年女性来说，还有护胸作用。肚兜，是胸罩的雏形，它状如菱形，一根吊带套上脖子，左右两侧各有一根带子，往腰中一系就成了。据了解，这种肚兜，就是明清时期的内衣，那时男女都穿。单就女性而言，类似胸罩的内衣，其实从唐朝开始就有了，那时叫抹胸。也许，有不少人认为，抹胸消失了，其实并没有，市场上现在还有卖的，依旧叫抹胸。它以白黑两种色彩为主，无肩带，适合穿薄外衣时打底用，免得露出胸部。现在抹胸的材质多是细棉布，双层，也有的加了一层薄海绵，起塑胸作用。

外婆陷入了沉思，过了好久才说："我现在老了，没胸，我年轻时也一样穿过。"她神情恍惚。

是夜，我躺在她的身边，她一边为我摇着蒲扇，一边说起她们那时的肚兜。穷些的女佣穿的都是粗棉麻布肚兜，隔胸护胸，但不束胸也不塑胸，乳房在里面算是自由生长。而她们这些富裕人家穿的肚兜胸衣，则多半是用绸缎缝制，颜色鲜艳，有的还有绣花。

当日本人的铁蹄踏上信阳这片土地时，似乎在一夜之间，女人们都变得蓬头垢面，脸上涂着黑灰，穿着宽大的衣服。才刚刚发育的女孩则都被母亲用裹布缠着身体，有的甚至缠了三圈四圈，似一个层层包裹的粽子，更有甚者，直接剪掉了长发，再穿上男装，根本分不清是男是女。在善良的中国老百姓的潜意识中，似乎只有这样，那些女子才能躲过日本鬼子的目光。

这种束胸的方式，让人呼吸困难，不能自由奔跑或自由弯腰。束胸，它带给我们女性危害，却一直被使用到 20 世纪 80 年代。我常常想，在我成长的八九十年代中，我的中学时代以前，为什么我所在的农村，女孩子一到发育时期，胸部就会被家长要求束缚，得不到饱满自由的生长呢？我的外婆穿着宽松的红肚兜走过少女时代，中华人民共和国成立后，她们这一代生活在小城市或农村的女性，又直接不穿胸衣，跳过了憋气不能呼吸的年代。

我的母亲，出生于 20 世纪 40 年代，有一次，我曾问她："你们那一代人不穿胸罩，要跑步怎么办？"

母亲笑了："哪有什么跑步？天天干农活儿累得要死。"

这些不穿束胸内衣的女人们，却让出生在六七十年代，甚至八九十年代的女儿们，捡起了封建意识形态的产物——束胸，不让她们的乳房发育。那时的农村人，认为一对丰满的乳房，是羞耻的象征。

一想起我经历过的八九十年代，我就感觉那是一个憋屈的时代。那时的我们，穿着清一色的背心胸衣，材质多是棉布，也有的是花布，侧边开着一排密密麻麻的纽扣，也有的同学，胸衣是对襟式的，纽扣直接从胸前开到腹部。每次扣这些小纽扣时，我们都会用双手紧紧地拽住背心两边，使劲挤着才发育的身体，把小小的乳房挤进背心，尔后扣上。我们的宿舍是通铺，一个房间住着十来个同学。有时一个人不好用力扣胸衣，相互之间还帮忙互扣。

记得有一次，一个姓顾的同学，长得又白又胖，她扣了半天胸衣纽扣，还是很难把上身多余的肉挤进胸衣内，眼看着上课铃声响了，我们都跑了，她一气之下不穿胸衣了，直接套了两件衬衫去教室。那天上午的课间操她没有去参加。当老师在教室点名批评她时，她的眼泪流了出来。那是饱含羞耻屈辱的泪。试想，一个少女，而且是胖少女，在没有胸衣的情况下，如何在大庭广众下起伏、弯腰或弹跳？

我们生在新中国、新时代，可在我们生活的农村，总有许多事物要慢上一拍，不仅胸衣到达农村的速度过慢，我们的思想还有封建意识的残余。胸衣的到来，解放了农村女性的身心。如果把它比作是一场风，它从中华人民共和国成立前吹到中华人民共和国成立后，从民国时期的大城市吹到我们乡下，竟然需要长达五十多年的时间！真是太不可思议了。

到我上高中时，农村的市场上已有胸衣出现——这时也开始称为胸罩或文胸。既有无吊带的抹胸，也有双肩有吊带的尼龙胸罩，或许还有其他材质的，我已不记得了。彼时，有些农村人的思想觉悟似乎也提高了，不再像以前那么封建扭捏。站在小摊前，嘻嘻哈哈的已婚妇女拿起它们，挑挑拣拣。反正是那种带弹力的尼龙布料的，每个人根据自己或者女儿的身材，比画一下，挑一个就走人，简单、直接、爽快。

相比以前的束胸或现在的塑胸内衣，这种尼龙胸罩的出现相当另类。它布料劣质，托胸的地方是双层布，但是罩杯的形状明显地松垮不成型，只在胸下围一圈加了松紧带。不过，好歹让女性的身体解放了。第一次穿着母亲从小摊上买回来的尼龙胸罩，我与二姐兴奋地在房间对着镜子照了半天。

那些纽扣束胸内衣，似乎在一夜之间，被我们这些少女，全部恶狠狠地扔掉了。

有一次周末，因为要带大米去学校，父亲便送我去公路上坐公交。远远地，我们在小路上看见公交车来了，父亲扛着米跑了起来，他边跑边回头招呼着我，让我也跑快点。可是我却不敢奔跑，那时我的胸部已经完全发育，薄薄的尼龙胸罩无法固定它们，尼龙胸罩一方面让我摆脱了被束胸捆绑的不适，另一方面也让我有了羞耻之心。这种羞耻感，让我不敢挺胸，让我走路时哈腰驼背。尽管父亲催个不停，我依旧如常地走着，这不紧不慢的速度，让父亲非常恼火。

公交车不愿等我，父亲只好松开扒着的车门，看着公交车扬长而去。他气得恶狠狠地骂我："你死了？跑几步你都不愿意？农活儿太多了，我先回去了。"

父亲转身就走，看着他的背影，我的眼泪在眼眶里打转。那一刻，我突然想起了初中时的顾姓同学，她所有的眼泪与羞耻，此时我感同身受。

因为没有合适的胸衣，在身体发育的过程中，在行走或奔跑时的羞耻或尴尬，是那么刻骨铭心，让如今敲打着键盘的我，依然感慨万千。

忽如一夜春风来，时代飞速发展，周遭的一切都发生了翻天覆地的变化。从农村到城市，到处都是鳞次栉比的楼房，条条水泥大道通向远方与未来。我们这些女性，也与时俱进，走在时代前沿，整天打扮得花枝招展。

一间间实体内衣店，全都堂而皇之挤在大街小巷，着实令人眼花缭乱，那些内衣品牌，从婷美、红豆、猫人，到 AB、三枪……令人目不暇接。中国人，也有了许多自己的品牌内衣专卖店。

现在的胸罩，无论是花样款式，还是颜色，都具有多样化的特点。罩杯有半球状、蝴蝶状、半湖形；颜色从赤橙黄绿青蓝紫，到黑白红灰皆不同。有的有吊带，也有的无带，小搭扣开在后背，这些搭扣左右相钩，细小，不会硌到肌肤。一般来说胸罩的后扣很少有五排的，多是四排的，也有三排的。罩杯刚好托起乳房那部分，有的下围有钢丝托住，但现在多提倡无钢圈胸罩，我想这也是为了女性身体好。

这些新时尚胸罩的出现，让我们女性从身体到心理，彻底得到解放，可以自由地呼吸；穿上它们，我们更加从容与敏捷。而一去不复返的束胸时代，如今回想起来，真是恍如一梦。

这些新时尚胸罩的出现，彻底地改变了我们女性的生活。同时，随着时代的进步，人们的思想观念也发生了很大的变化，我们不再以性感为耻。

如今的大街上，女人们脚穿高跟鞋，昂首挺胸，走出另一种美感。

生死摆渡

我常常思考我们来到这个世上的意义，思来想去不得而知。或许在冥冥之中，在时光的漩涡中，一切生老病死，都由宇宙这只大手掌控，这双大手操控你的一切有形或无形的因果，因而有了万物宿命之说。宿命之中，我信奉仓央嘉措说过的一句话："除了生死，哪一件事不是闲事。"

一

我住进了深圳市龙华区中心医院。这之前右下腹阑尾部位疼了五天，去工作地所在的社区天天输液，结果又引起心口附近的疼痛，牵连蔓延到左右胸骨，疼得我无法直腰睡觉。无可奈何之下，一咬牙休了年假，住进社保指定的医院。

病房里有三张床，另外两张床上的病友，都是男性。一个三十多岁，他能吃能喝自己也能起床，我去的第三天他就做了手术；另一个病人五十多岁，他和妻子的谈话，我全都听得懂，后来一问才知是老乡，姓周。周先生整天卧床不起，大大小小的一瓶瓶吊水输个不停，肚子上还插个导尿管，每天上午与下午都有医生护士过来给他换纱布。隔着厚厚的帘子，都能听见他哼哼唧唧的声音，有时也会听他一声声地喊"疼，疼，疼呀"。一块块带血的纱布扔在床头边的垃圾桶里，鲜红的血灼得我双目生疼，我不忍直视，慌忙移开了目光。

周先生的妻子与儿女轮流过来照顾他，白夜班两人一组。从他们一家人的衣着打扮来看，他们的家境应当还说得过去。从这一家人的谈话中，我得知他们家是做生意的，20世纪90年代就来到深圳，然后在这里扎根了。

第一天下午，周家的小儿媳抱着一个三岁左右的女孩过来了。女孩长得精灵可爱。我把龙眼递给她，她高兴地接了过去，又踮起脚抬高胳膊，往躺在病床上的爷爷嘴里塞。这位爷爷自然是不能吃的，但孙女的奶声奶气就是一服灵丹妙药，他的呻吟声立刻减轻，嘴角泛起一丝慈爱的微笑："爷爷不吃，你吃，宝宝吃呀……"

在聊天中，他们告诉我周先生得了直肠癌。听到"癌"字，我吓了一跳，顿生恻隐之心。在生活中，癌症对于我们来说并不陌生。现在癌症的发病率一年比一年高。而在自己的亲人中，比如我的小舅与二舅，一个死于骨癌，一个死于食道癌。但这还是我第一次近距离接触癌症患者。我突然胡思乱想起来：我是不是也得了癌症？在这个癌症患病率逐年上升的年代，任何人都有中招的可能。我同学高小明，他的父亲与妹妹都是因为胃癌离世；我母亲的结拜兄弟黄舅舅两口子，也都患了胃癌，夫妻两人一前一后，用尽最后的力气，爬进了水塘……那一瞬间，我对现实有了恍惚感和距离感，仿佛穿越到了另一个时空。

许是看到了我的不知所措，周先生的儿媳妇反倒过来安慰我，当然也是说给她公公听的："没事，初期，医生说切除一段就好了。"

　　我向来嘴笨，不知怎么安慰这一家人。好在，小孙女美妙的歌声转移了大家的注意力，她让爷爷再度露出微笑，让一屋子的人心情都舒畅起来，大家谈话的主题又转到她在幼儿园的学习内容上。

　　看着眼前的祖孙三代，我不禁感慨，老一代人即将老去，新一代人又承载希望，生命的河流如此绵延，向前奔流不息。

　　夜幕很快降临，对于一个患有轻度失眠症的人而言，多人病房只能让我更加失眠。因为疼痛，周先生不时哼哼唧唧，时有时无的声音传入我的耳朵；因为疼痛，他不停地更换着电视频道，最后停留在一个播放打仗电视剧的频道上。枪炮声、嘶喊声不断地在房间内响起，尽管声音不大，但也让我听得心惊肉跳。

　　这一夜，自然是辗转反侧没有睡好。

　　第二天上午，我空腹做了一系列检查，从化验小便、血液，到心电图、B超，再到胃腔镜，步步到位。楼上楼下，大厅里，各个角落里都挤满了人，难怪有人说，世上人满为患的地方，一是医院，二还是医院。不仅各个房间的床铺满了，走廊上也放着床位，有躺着的，有坐着的，有外伤的，也有内伤的，还有挺着大肚子走来走去的。穿着蓝白条纹病服的人，有来有去。白色的灯光，映照着一张张麻木机械的脸，他们步履沉重，表情凝重。

　　在一楼靠药房这边的走廊上，我碰到一个两条腿都打满石膏的人，上面缠裹着层层白纱布，纱布上还有不少血迹。这是个年轻的男人，他的头上也裹着几层带血迹的纱布。在等待的过程中，他很少睁开眼睛，任由几个愁眉苦脸的亲朋把移动床推来推去，找护士问医生。显然，他是来拍片子的。

　　每一天，这个世界上都有那么多人生病、受伤或者死亡，也同样有那么多新生命降临这世间。哭也好，笑也罢，人间的悲欢离合总是一幕接一幕地上演着，没有人能拗得过上苍的安排。如果说命运是一条河流，它的两岸，一边是生，一边是死，我们的每一天则是在不停地摆渡而已。想活下去的人，试图用尽所有的力气往生的岸边摆渡；心灰意冷的人，则自暴自弃，任由狂风巨浪把自己抛向死亡的岸边；而有些人，有时候，在摆渡的过程中也会重新选择生或死。

躺在 CT 台上，我的思绪忽近忽远。看着几个医生凑在一起交头接耳，我有种不祥的预感：会不会我也得了绝症？心里泛起一丝忐忑与不甘，但很快又镇静下来。向现实妥协是我性格的一部分。人到中年后，我最大的变化是变得理性与从容了。世事本无常，经受过生活一次又一次打击的我，开始变得水波不兴，纵有少许涟漪，我也会把它紧捂在内心，翻不起歧路的浪花。

两个小时后，我们到主治医生那里问结果。医生说，肺里有肿瘤什么的，需待明天进一步检查。

我丈夫的脸色当场就变了，本来就黑的脸色瞬间更加黑了。此时，我倒显得异常冷静，询问医生道："会不会是肺结核之类的？"医生说了句："要是肺结核还好办一些。"我与丈夫对视一眼，医生的言外之意无非是：怕的是恶性肿瘤或癌变。

生老病死，一切天定。我这大半生，爱也经历过，恨也经历过，来这世上一遭，在打工路上走了二十多年，虽然跌跌撞撞，没有享过大富大贵，但也没有受过多大的罪。我不过是平常的运承平凡的人，生又何妨死又何惜？那一刻，我突然变得相当释然豁达。人生在世，草木一秋，一切的欢乐与苦难，用佛语说：一切皆有因果，随缘心灭。有什么可怕的呢？一切都没什么可怕的。儿子也大了，家里楼房也有了，我唯一牵挂的就是满头白发的父母，他们一个有哮喘病一个有高血压。

晚上，我丈夫开车把我从医院里带出来，找了一家上档次的酒店。他点了鸽子、大虾、桂花鱼等满满一桌子的菜，还叫了一煲我最爱喝的鸡汤。他自己胡乱地吃了几口就放下筷子，他解释说自己已经在工厂吃过了。夫妻一场，他的心思我了如指掌。他担心我得绝症，所以心情不好吃不下。我不想说破什么也说不出来什么，只是没心没肺地吃吃喝喝，像是要把早餐、中餐、晚餐一股脑儿地全部塞进胃里。管它是不是最后的晚餐，今朝有酒今朝醉，我吃得不亦乐乎。对于我这个"吃货"而言，这顿饭实在是饕餮大餐。现在回想起来，依然口水直流。

二

八点钟一到，我又去一楼照了心电 CT，几个医生看过来看过去，确定是肝血管瘤与肝囊肿，阑尾没什么问题，炎症消了。我当时大脑反应还是相当快，立刻说我的肝痛是因为输了几天液引起的，医生说也不排除是输液起了副作用。现在这一切看起来是多么令人啼笑皆非。

医生开了一些药，叮嘱我吃下去。回到房间后，我给丈夫打电话，说虚惊一场，没多大事，丈夫在电话里笑出了声："我就说呢，我家老张这么善良的一个人，不可能年纪轻轻就得坏毛病。"他轻松地挂了电话，继续工作去了。我回味着他的话，兀自笑了一会儿，他难道不知道"好人不长命，坏人活千年"这句话吗？

周先生的腹部渗血越来越严重，才换上去的纱布，一会儿就湿透了，血淋淋的一片，还染红了被子。他的几个孩子都来了，跟护士医生吵得不可开交，说是最开始时要求转院，医院不给办理造成的。很快主治医生也过来了，商量的结果是重新推回手术室打麻药重新缝针，几个孩子都气愤地指责医生不负责任，医生解释说可能是病人自己坐起时，过于用力造成崩线的。

　　吵归吵，最终大家一致推着病床往手术室去了，少了一个床位的病房看似空荡了些。这时，一号床位的家属办了出院手续回来了，兴高采烈的样子。他们一边收拾东西一边说："哎，有啥也不能有病，好人也住成了病人。"

　　是的，医院到处都飘浮着消毒水的味道，还有各种病人的味道。对于一个健康的人而言，医院是谁也不想进来的地方。我曾在一本书中读到过这样一句话："半夜不要出现在医院走廊上。"这说明医院是一个恐怖的地方。不是吗？手术室、运尸车、化疗间、太平间，还有哭哭泣泣的声音……没有人想生病，也没有人想待在医院里。活蹦乱跳地生活着，是我们所向往的，然而大部分人忙于生存，经年累月地随着生活向前奔走，忙得像陀螺战士，很少主动去检查身体，等到身上哪里痛了不舒服了，再一检查就是疾病的晚期。比如肺癌、子宫癌等一些癌症，最初身体上根本没有反应，不体检根本不知道，等疼痛爆发时，已无力回天了。

　　约两个小时后，周先生被推回了病房。他看起来更加虚弱，平白无故地又多动一次缝合手术，家属们嘀咕了老半天，对医生护士一直没有好脸色好言辞，吹胡子瞪眼的。好在随着时代与管理的变化，医患关系得到改善，这些医生与护士一直都和颜悦色，他们耐着性子解释道歉了许久，周先生家人的指责与愤怒才渐渐平息，但周先生妻子坚持要转院。等医生走后，她一边收拾东西，一边告诉我说他们打算明天转到市人民医院去，在这里耗着病情老是不见好转，心中着急上火。从她的口中，我得知周先生大问题没有，就是刀口不愈合，一直渗血。病人受罪，一家人也跟着焦灼心疼。

来医院的都是求生的人，见过太多的"疼痛"，大家都努力认真地活着。只要不是对这个尘世抱着太多的敌意，没有谁不愿意活下去。我在心中，暗暗为周先生祈福。

门外走廊上一个大肚子孕妇，被推进了不远处的产房。再次看到她的时候，已是中午，她虚弱地躺在移动床上，怀里搂着一个婴儿。她丈夫跟在移动床旁笑意盈盈。彼时，窗外的阳光很灿烂，一切都是那么平和安宁，空气中消毒水的味道也变得芬芳香甜起来。

三

同病房又住进来一位姑娘，脸色苍白，直不起腰。我以为她跟我一样是疑似阑尾炎，但从她母亲的骂骂咧咧中，才得知她是流产未流干净，重新住院再来"做"一次。一听这话，我倒吸了一口气，这未成形的孩子，想来会成为她一生的羞愧。

这姑娘喜欢刷小视频，而且声音外放音量还不算小。窗外不时还传来咣咣当当的金属撞击声，我也无心看书了。扫了一眼朋友圈，看到吕贵品老师说他在中心医院做透析，遂决定下楼去看看他。

吕老师是个老牌诗人。他患肾衰竭已有好几年了，乏力、恶心、呕吐、多尿等，如果控制不好，会引起肾功能持续下降，甚至恶化成尿毒症。这病最好的治疗方式就是换肾，然而等待换肾的日子，却是遥遥无期。

血透室在医院后门处不远地方的一栋楼上。征得医护人员的同意，我换上鞋子套上一个外套，进入了一楼的血透室。走进之后，我确实吓了一跳，长长的房间里，有两排密密麻麻的床位，几乎都躺着病人。那一袋袋鲜红的血挂在吊杆上，正一滴滴往病人的体内输入。这些病人，在等待器官移植手术的过程中，只有靠两天一次的血透来延续生命。

吕老师躺在最里间的病床上，表情恬静淡然。他看起来有六十多岁，头发灰白。红红的血液，正往他的体内滴着，然而他还是闲不住，微笑着告诉我："快了，这首诗马上完成。"

即使在血透，他也保持着一天作一首诗的习惯。唯有诗歌，能让他保持着生命的动力；唯有诗歌，让他的心情平和稳定，让他在黑暗的境地，忘记了病痛。在诗歌中，他一次次靠近生的芳草地。他的生命与追求，在诗歌中得到最好的诠释。

黄昏降临，窗外的朵朵白云缓缓地飘移，蓝色的天空，似乎水洗过一般，又仿佛一面绸缎，泛着光泽，让人忍不住想去摸一把。汽车喇叭声此起彼伏，和着空中不时飞过的鸟鸣，奏响了一曲人间之歌。

这时，丈夫打来电话，让我下楼去东北饺子城吃饭。我换好衣服，从近处楼梯下去，无意中走到医院的侧门，这是急救车停留的地方，刚好碰上医生护士从车上抬出移动担架。我缩在墙根处等待他们先通过，这时，我看到一具血肉模糊的肉体，头上、脸上、身上全是鲜血，腿上的血还在汩汩往外冒着，白色的床单洇红一大片，一个护士手拿着电话，语气急促："赶紧准备，这是车祸，车祸！伤者没有意识，失血……"

我的心"突突"地跳着，神经紧张，以至于一个年长女人压抑不住地哭喊着从我眼前经过时，我还在恍惚中，没有回过神来。

走过停车处，回头望望那个急救车背后的白色通道，我想到了奈何桥，它连接着生与死，医生护士的双手清洗婴儿也清洗死者，众生平等。这里，总有人进来或离开、重生或死亡。

路边的垂柳随风轻拂，绿化带上的灌木生机勃勃，再远些，观澜河两岸边的树下，人们甩扑克、带孩子，充满闲情逸致，夜风微凉，适合散步。华灯初上，车水马龙，人们来来往往，霓虹灯处处闪烁，优美、宽阔的公园里，人们打太极跳集体舞，在这座欣欣向荣的城市里，每一天都有不同的生死故事发生，而活着的人要努力地活得更好。

四

手上的一本书看累了，于是我下床活动，无意间闲逛到婴儿科，除了里间的医生门诊外，外面三间房间，人声鼎沸，孩子们的打闹声，婴儿的哭声，大人们的呵斥声，人间的喜怒哀乐全都大杂烩般地挤在这里。想来，人间的生活，大抵因这些"小麻烦"而热热闹闹、绚烂多彩，他们丰盈了家的意义，一个死气沉沉的家，会因这些新生命变得活泼生动，幸福美好。

丈夫过来接我时，我已办理好了出院手续，满打满算，在医院里待了五天。一脚踏上正门街道，樟树、木棉树、玉兰树都在挥手致意，不时有小小的雀鸟从头顶上飞过，阳光明媚、柔和，身旁车水马龙，烤红薯的香味飘浮在空气中。

我前方走着的一对情侣停住脚步，走进一家超市，不一会儿，他俩走了出来，一人手中拿着一根热狗，一边走一边打情骂俏，你推我一下，我蹭你一下。

看看身边的世界，如此美好，我的灵魂唱起了欢歌。

活着，真好。

追梦的人

——兼读丁燕散文集

一

众所周知，庚子年不太好过，初春，我一直处于一种恍惚状态之中，患了替代性创伤，整个人沮丧颓废，始终无法静下心来。人类，在大自然的灾难面前，竟如此脆弱……这种情况下，理智告诉我必须转移注意力，即便没心思写文字，我也必须放下手机多读书。读书，不敢指望"书中自有黄金屋，书中自有颜如玉"，最起码咱可以提神安心，释放精神上的焦虑、迷茫，找到一块灵魂的栖息地，哪怕方寸大小也行呀。

我先打开一本小说集，虽然思维还是混乱的、心情还是悲伤的，但毕竟读书不是硬指标硬任务，想怎么看就怎么看，我只用几天就勉强翻完了。心思，好歹也收回了百分之六十，人，也变得镇定了一些。考虑到自己主要写散文，遂又拿起了《工厂女孩》。这本散文集的作者是丁燕，虽然我们互加微信已有两年多时间，但彼此之间从不讲话。她在我眼里是个值得学习、仰慕的作家前辈。我经常看到她在朋友圈分享已经发表的作品，都是在大刊上，让我羡慕不已。后来，在散文集折封处看到她的简介，着实又把我吓得一激灵。原来她有着不俗的成绩，十几岁就开始发表作品，先后出版过十六本作品专集。曾获鲁迅文学奖提名奖、文津图书奖、徐迟报告文学奖、百花文学奖等。唉，这样一个实至名归的作家，即便我穷尽一生的精力，也难以望其项背。

说起来网购她的散文集，这事还是有点渊源的，算得上是一个"缘"。2019 年，一个偶然的采风机会，我无意中在一本广东作家作品集里，读到她的一篇散文《看得见东江的出租屋》。这篇文章深深地吸引着我，于我而言，算得上是印象深刻吧。她的文笔老到泼辣，笔锋尖锐，像一柄利剑直击人心，有时文字中还杂着诗一般的语言，当然，她曾经写过不少诗作。比如这篇文章的开头，她这样描写道："那声音被水波阻挠，滞重低沉，层层向前；那声音如此之近，像船从床头驶过。那一定是条大船。我曾在江边，瞥见过那些体态雍容的家伙，不承想，凌晨时分，它们会发出一种舌头被秘密之火灼烧的呻吟。嗡嗡声是突然开始的，炽炽燃烧，让水波变成炉灶。"

对时常写散文、偶尔出诗作的我来说，她这样的文字想不喜欢都难。所以，我痴迷于她的文字，更何况这篇文章里面的故事，里面的一静一动，一花一草，都让我这个打工者有似曾相识之感。一句话，我们的生活经历有太多的相似之处。身为一名女性打工者，我也曾住过出租屋，现在还住在工厂宿舍。我看她的《工厂女孩》，无非是回味一下自己在流水线的所见、所闻、所感而已。在回忆中，我又重新在车间里走了一次青春。

为了改变贫困的生活，为了让家中早日盖上楼房。1998 年，我追随着丈夫的脚步，一路南下到了深圳，我做过流水线工人，做过仓管，一天兼过三份工……艰难的岁月中，稍有空闲，我就学习电脑知识，天道酬勤，后来我成为一名文员，再后来我成为一个部门的主管。在岭南生活二十多年，虽然我买不起这里的房子，但是在家乡信阳也有了楼房有了汽车。生活，总是朝着自己的梦想一再接近并逐步实现一个个目标。

打工路上，我所付出的辛苦，不过是《工厂女孩》中的一个篇章而已。我每日在车间里走来走去，看到的女工，一个个满脸菜色，她们勤劳努力，大部分都相当本分。这些工厂女孩，正如丁燕笔下的工厂女孩一样，绝大部分人在流水线上日夜重复着机械的工作，与嘈杂为伴，年轻的身体内，藏着一颗颗卑微向上之心。有的女孩抓住时机，努力学好本职工作中的技术，从而来个华丽转身，成为组长或部门主管什么的；有的女孩想摆脱流水线的工作，走入电脑培训班，学习办公软件，学习绘图，成为一名普通的文员等。命运之门，在冥冥之中，被各自推开。

为了更好地了解工厂女孩，真实地展现普通女工的生活，2011年，丁燕隐瞒自己的身份与学历，先后进入两家电子厂、一家注塑厂打工，经历了二百多天的打工生活。后来，她用笔如实而深刻地写下了《工厂女孩》这本散文集，记录了工厂女孩们的青春与奋斗、爱情与梦想，记录了车间的点滴，并让这些点滴汇集成册，呈现在读者的眼前。这何尝不是丁燕的执着？怀揣着对文学信仰的热忱，她在自己的一亩三分地，在自己的一方家园中，寻找着定位和目标，从西北到岭南，一直努力耕耘着，即便是脖子痛坐骨疼头痛失眠，她也从未放弃过自己的理想。正如《工厂女孩》封底文字所言，这是另一种生活，这是另一面的中国。这些年轻的车间女工，她们"是固定的螺丝钉，每个身体应该采取的姿势，都被清晰而准确地规定好。一个简单的动作，一百次地重复，一万次地重复，一万次乘以一万次地重复。一切围绕着机器旋转，人类成为无意识的附庸。"流水线上的生活是枯燥乏味的，所以，一些有想法的女孩想突围，想冲出命运的牢笼，她们不停地跳槽或学习技能，渴望改变自己与家庭的命运，实现自己的梦想，寻得一方安宁的家园。

记得在 2002 年左右，为了学习电脑，但又不舍得交六百三十元的培训费，我先自己花了几十元钱，买了基础书籍与学习机，晚上下班即便累得要死，也要对着老板淘汰的电视机，插上学习机，在屏幕上练习五笔打字。夏天天气热，周末别人出去逛，而我还在出租屋里不停地练习打字，汗流浃背，起了一身的痱子红疹。

翻看打工女孩背后的故事，有多少人能看清，八人一间的大宿舍里，曾经连虾米都不是的人物，她们在通往"白富美"的途中，付出了多少血汗与泪水？付出了多少时间与艰辛？生活，总是会把残酷的一面捂紧盖严，呈现在人们面前的永远是光鲜的表象。

在《工厂女孩》的《厚街有女初长成》这一章节中，提到了一个叫 16 号的女孩，她原来是有名字的，因为家里贫困，她频频跳槽，从工厂进入商场，最后她终于停留在沐足技师这个行业，她努力勤奋，所以每个月也有三四千的工资。她并不羡慕 KTV 里的女子，说："也许她们挣得多，但风险大，不划算。"

这个叫 16 号的清远女孩，从工厂出来后，终于找到了自己的定位，她年轻的身体内部，暗藏着深刻的原则。

一部《工厂女孩》，真实地记录了大时代下工厂女孩的种种故事，向读者展示了这些女孩的悲欢人生。这些工厂女孩，是我们一代接一代人的序号与称呼。

书里书外的人物，都是非虚构的。为了生活，为了物质与精神，我们哪一个不是兢兢业业的呢？就拿丁燕本身来说，她自愿"改头换面"融入工厂，融入打工的生活，不也是想对得起作家这个身份吗？不也是想挖掘出新的故事、写出更感人的时代篇章吗？她的"家园"更多地倾向文学，倾向使命，倾向成就感。我知道，她还在冲刺，像是齿轮与齿轮的咬合，不停地向前奔跑，不进则退的意识早已在她脑海中扎根。为了更好地在文学领域发展，她于2010年辞去了记者的工作，这才有了后来《工厂女孩》的问世。那个时候，大家都去了"北上广"，而她却果断地选择了岭南广东。

二

从哈密一路南下的丁燕，最先去的地方是深圳，但最终因为各方面的原因，她落脚东莞，成了一名动力十足的新莞人，并逐步实现自己在文学上的抱负。无论身在哪个位置，文学都是她生活的动力与源泉。她常常于凌晨三点爬起来写作，中午时又倒头便睡。人到了一定的高度，总想给这个社会留下点什么，至于功名利禄，在很多时候已经变得微不足道了。大时代背景下，打工是永恒的时代主题，作家有责任、有义务去关注这些社会问题，以便引起讨论与重视。记得曾看过一篇有关路遥的报道，里面说他在写《平凡的世界》时，身体已经出了状况，他的弟弟曾劝他放弃写作，身体最重要，可他执意要写下去，他说："我要留下点什么。"于是，他带病用他的生命下注，最终完成了一部伟大的作品。《平凡的世界》是一部名著，无论是小说还是电影，我都看哭了好多次。这部获得茅盾文学奖的著作，影响了一代又一代人。

来到南方这个工业城市，从写作环境来讲，对于丁燕来说是一项里程碑式的壮举。除了地理上的因素外，更重要的是要面对那种心理上的落差。不论走在哪里，她都没有了安全感，异样的身份，有时也会让她成为注目的对象，租房的那种漂泊曾让她一度恐慌、害怕、焦灼。在《西北偏北，岭南以南》这本散文集中，我对《刘小姐，你在哪里》这篇文章印象深刻，读来诡异而惊骇。这个刘小姐是别人的禁忌又是一个男人的痛苦。这个男人把他的痛苦转嫁为夜半三更的砸门捶墙，"那声音粗鲁、猛烈、火辣，像一种责骂与凌辱，在无所顾忌的情况下，直愣愣插入耳膜……砰、砰、砰……射穿木门，直穿耳膜、头皮，进入我的大脑，在那里引发起一团痉挛，像无数条活着的蚯蚓在纠结，每一根纤维都在跳跃"。

这种情形下，让与刘小姐仅一墙之隔的丁燕和儿子活在恐慌之中，他们最终搬离了这个令人不安的地方。

丁燕的文字，总能抓住人心。相比较而言，这本《西北偏北，岭南以南》更引人入胜，它情感强烈，代入感强，这也许是作者写自身生活的缘故。无论在故事情节还是表现形式上，都是《工厂女孩》所无法比拟、不能超越的。《工厂女孩》与我后来所看的《岭南万户皆春色》相比，显得较为平铺直取，情感相对单薄一些。

在《西北偏北，岭南以南》这本散文集中，丁燕以非虚构的方式记录了她自己的"家园"迁徙过程。最初的她只是想逃离，到最后才明白逃离是为了更好地回归。作者的父母曾逃荒西北，这让那时的她曾一度感到卑屈、挫败，甚至有种羞辱之感。这些感觉在她心中留下烙印，挥之不去，以至于她要"逃离"最初的家园。出生在哈密的她，终日面对毒日、沙漠、荒滩、土包、毡子、燥风、灰尘……这加速了她逃离的决心。当我们不能改变世界，就只能改变自己。

"我们总是被时代的洪流裹挟着，不由自主地随着人群滚滚向前。"我们一个接一个地背井离乡，寻找梦想，面对这些，我只能这样来总结一句。

异乡是故乡，故乡是异乡。在祖国的大地上，我们不停地行走，奔波，奋斗，来回迁徙。为了一个新的征途，初入南方的丁燕，逼着自己学开车，逼着自己写出血肉饱满的文学，逼着自己下到工厂去体验。那时的她，本已经被东莞文学院接受，可她为了把文章写得更好，硬生生地逼着自己成为一名工厂女工，只为给文学交上一份满意的答卷，为时代呐喊发声。

随着时间的推移，她在南方站稳了脚跟。站在这片常年青翠的岭南天空下，她却更多地回忆起故乡，回忆自己从神圣的地方迁徙而来，从而在情感上更加珍惜起故土。哈密市位于新疆东部，自古就是丝绸之路的咽喉重地，历史上这里建立过许多国家，遗留下许多文化宝藏。哈密市域大部主要处于哈密盆地上，昼夜温差大。我们最熟悉的一句话："早穿皮袄午穿纱，晚间围着火炉吃西瓜。"说的就是哈密。哈密的邻市吐鲁番还有高昌古墓群，许多绢画更是令人难忘，著名的火焰山就在吐鲁番……这样的一个独特哈密，当作者与它拉开距离时，过去的种种变得越发清晰，她像一个出嫁到南方的女儿，她用饱含深情的笔尖触摸着自己的娘家："某个静思的时刻，我恍然大悟：我曾生活在一个相对美好的地区；我从一个具有神圣性的地方迁徙而来。然而，在我迁居之前，我几乎从未仔细辨析过这个区域。当我置身其中，认为一切都天经地义，恒久不变；当我离开，才痛心发现，我曾拥有的那些事物，珍贵而美好。"

怀念归怀念。相对稳定的南方生活，让她实现了最初的梦想，也开辟出新的家园，她无回头路可行。当养父母过世后，她与故乡最后的链接已经断开。哈密，从此山高水长，成为她作品中的湿热回忆，成为《西北偏北，岭南以南》上的一行行纪念的泪水。

从《工厂女孩》到《西北偏北，岭南以南》，不管作者是为了文学，还是为了物质生活，或是为了更高的信仰、灵魂的追求……这些，都是我们息息相通的认知：为了梦想，为了建设家园，许多人拼搏奋斗，先过上好生活，而后抵达梦想的彼岸。

三

那些偏远山区的农民，那些老弱病残者，他们在改革开放四十年后的今天，又该有怎样的生活呢？翻开丁燕的《岭南万户皆春色》，我找到了答案。这本书选取广东省连樟村、斜周村以及汕尾市海丰县的几个村庄，呈现了中国脱贫攻坚的许多故事。作者深入这些曾经贫困的村庄，了解了许多农民攻坚克难的事迹。无一例外的，这些村庄都得益于国家的精准扶贫政策，走上了脱贫的道路，实现了有房住、有活儿干、有工资领的温饱梦想。那些朴实的农民，在各级领导的关怀指导下，用自己勤劳的双手把家园建设得越来越美好。

村里的年轻人，健康的人都出去打工了，而有些家里有老弱病残的人又该怎样生活呢？国家为这些贫困的村庄修路，完善水电、网络、医疗、教育设施，不仅为贫困的农民植果树、建果园、发展各种养殖业，而且在村里建上工厂，村民不仅有工资拿，年终还能分红。这些扶贫工厂，带领他们走上发家致富的道路。

处在大山深处、与世隔绝的连樟村，随着精准扶贫政策的覆盖，村民们有了"不用出门便可打工"的机会。在政策的扶持下，到 2020 年，这个小村里的贫困户全部脱贫，有些人还走在了致富的道路上。村民的脸上都洋溢着幸福的笑容。

在新时代，这些村民是幸运的，一对一帮扶成效很快。但是他们的背后都有一位日日夜夜呕心沥血的带头人。比如韶关市仁化县扶溪镇斜周村的漆云良，他是主动请缨来到斜周村的。这之前，他原本在东莞市凤岗镇卫生服务中心副主任的位置上供职，是一名医生。2019 年 5 月 13 日这天，他从漆医生变成漆书记，成为扶溪镇斜周村的第一书记兼扶贫队队长。为了把四十一户贫困户的帽子摘掉，他的心与这片土地紧密连在一起，与村民们的梦想紧密连在一起。

村庄群山环绕，道路狭窄崎岖，开汽车显然不合适。这种情形下，他学会了骑摩托车。从此以后，他骑着摩托车，风雨无阻，驶向各个贫困户家中，了解他们的需求，为他们出谋划策。他拿着为贫困户设计的入户调查表与笔记本，随时记录为贫困户解决的事，同时随身携带着听诊器与血压计，主动为病人看病。他要对四十一户贫困户的状况了如指掌，然后才好对症下药。一周的时间他跑遍了八个自然村落。摸清情况后，他为有的家庭带去果苗，有的家庭带去专家，有的家庭带去补助，有的家庭带去药物……元旦前后的两三个月，是斜周村最繁忙的季节，那些柑橘熟了，然而村里的人都不懂得销售。为了帮助贫困户销售，漆云良绞尽脑汁说服了仁化县乐村淘电子商务有限公司，与之签订了农产品购销协议，还利用假期，发动东莞市多家企业购买村里的贡柑、砂糖橘、大米、蜂蜜等农产品。

就像丁燕笔下所写的那样："要将身处贫困陷阱里的人拉出来，便要找绳子，找梯子，找架子。只要给他们一点机会，便会激发出他们的潜能。"

漆云良代表了中国的所有扶贫干部，他们为了帮助贫困户脱贫，放弃自己原本的工作，常年与家中的妻儿老小分居，有的一干就是三五年。这些扶贫干部就像一块木头、一颗钉子，哪里有需要就揳入哪里，哪里有需要就钉在哪里。他们有着扶贫脱贫的梦想，他们有着为农民建设美好家园的梦想。

我们每个人都有梦想，有了梦想才有动力与目标，并付诸行动，从而实现梦想。一如这些年，我们怀揣着梦想南下，努力拼搏，有房子有车子，生活水平芝麻开花节节高。

在祖国的大地上，但愿我们每一个人，不管身处何方，都带着梦想前进，奋斗不息，昂扬斗志，把家园建设得越来越温馨越来越美好。

一场没有硝烟的战争

"有客户问我啥时候放假。"业务员小刘在座位后大声嚷嚷，"是不是有点早？"

"早什么？春运都开始了，老板说 1 月 25 日就放假，马上就要抢票了，有的工厂已经公布了假期呢。"人事小罗接了话。

听着她们的对话，我真心感觉时间过得真快呀，转眼间，又到了年关。对于一个漂泊的人而言，既是开心又是扎心。开心是因为很快可以回到故乡了，扎心的是春运抢票难哪！即便有疫情，因为中国控制得不错，大家也照样回家过春节。

为了一张返乡的车票，出门在外的人，个个都使出浑身解数，绞尽脑汁，从而产生了无意识的集结出动。这种集结出动的庞大阵容，令人瞠目结舌，不敢想象。上至飞机高铁，下至火车轮船汽车摩托，所有的运输工具都承载着浓浓的乡愁与使命，在祖国大地上来回搬运着迁徙的人群。这种以"年"为单位周期性往返的人群，在每年春天围绕着"过年"而大规模出动，全国各运输部门都要积极配合，从而保证将各地人员运送回家。

据报道，2016 年，在为期四十天的春运里，全国旅客发送量近三十亿人次；据 2017 年春运大数据显示，旅客发送量最少达二十七亿人次，虽有些下降，但是仍然算得上天文数字；到 2018 年，春运大迁徙仍达三十亿人次左右。

这样壮观的春运情形，让我想起了大马哈鱼每年都要成群结队千里洄游返乡的现象，而这种现象恰恰跟中国人过年时的集体返乡、迁徙景象一样蔚为壮观。

像我们这样的背井离乡的打工者，占中国总人口数的近三分之一。平日里我们用工作上的忙碌来麻痹自己，可每逢佳节倍思亲，小假期小节日也就罢了，春节可是中华民族阖家团圆的重大节日。利用过年十天的长假回家一趟，不仅漂泊、受伤的心灵可以得到抚慰，而且紧绷的心情可以得到舒展，工作的压力也可以得到缓解。况且，家的温暖与亲人团聚的天伦之乐，是任何工作上的成就都无法替代的。

一首《常回家看看》，唱出了多少天涯游子的心声，也唱出了多少泪花与遗憾。

每年，一旦春运的开关开启，我们的手机、座机、电脑就同时上阵，年年如此，但不是电话打不通就是没票。总之，一票难求。抢票，就像一场没有硝烟的战争，让我们劳心劳力、呕心沥血、废寝忘食，可即便我们动用了最活跃最聪慧的脑细胞，结果往往还是买不到票。

去年 1 月份，在哈尔滨打工的表妹，冒着零下二十多度的呼啸寒风，去售票点排队，苦等一天，还是无票，人也冻感冒了，在QQ 空间留言道："票去哪里了？为什么在网上还没有刷新就无票？去售票点也无票，我哭了……"四川同事，因为几年没回家过年，原打算·1 月 18 日左右回家，从 12 月 19 日就开始在网上抢票，几台电脑同时抢票，可还是以无票的结果而告终。最后的结局是：与她同行的一个老乡去街心排了半天的队，于人山人海中，杀出一条血路，购来两张无座的票。近三十九小时的无座旅程，想来令人唏嘘不已，为她们的体质捏一把汗。

大街上依旧是人来人往，售票点依旧被围得水泄不通。尽管这是南方，但冬天的风还是有些料峭，可春节的来临，让大家抢票的热情丝毫未减，推推搡搡中，回家的一颗火热之心，温暖了这个季节的寒冷。

每年春运，我都不可避免地加入抢票大军，年年同样的时间重复着同样的动作。从八点钟上班开始，先把工作放在一边，不断刷新网站，然而正点放票的时间一到，短短不到一分钟时间内，12306网站要么显示本次列车无票，上至高铁、下至正班车统统无票，要么彻底崩溃瘫痪，要么点开了"你确认购票的张数"，继而卡死当场崩溃出局，要么显示出蓝屏：很抱歉，网络可能存在问题，请你重试一下。

那该死的验证码更是奇葩，每一张都模糊不清，需要人连蒙带猜，一次又一次尝试，好不容易登上去，抢到票要付款时又出现新的验证码……

又是座机又是手机又是电脑，能派上用场的全都上场，一个虾兵蟹将也不落下……结果，理想很丰满，现实很骨感，残酷的事实还是摆在眼前：无票。

恨不得剪断座机线摔了手机砸了电脑。

"那种重复的循环，不仅精密地操控着我的身体，同时，还渗透进我的灵魂和精神。"无论我们多么憎恨抢票过程的不顺，但是也不得不想尽办法费尽周章，年年为了一张票累出"三高"。

至于用抢票软件，也一样是白搭，它只是不停地刷新着抢票次数，一次次给你希望，又一次次让你坠下悬崖。

唉，抢票的辛酸史，说多了都是泪呀。

为了回家，我们也算是拼得身心俱疲。两眼昏花，屁股疼痛，胳膊无力，双手颤抖，说话间嘴里喷出方便面的味道……跋涉在抢票的长征路上，我的瞳孔粘住网站，一动也不敢动。反应异常地灵敏，看到显示有票，我疼痛的手指点击之快超乎自己的想象，一次次以迅雷不及掩耳之势扑过去，到头来无非一次又一次空欢喜一场，血压一次次上升。憋住吃饭喝水的欲望，憋住上厕所的欲望。我多么害怕，害怕错过了别人抬手退票的瞬间，错过了我能够回家的那一线渺茫的希望。

一天天过去了，随着年关的逼近，回家的火苗在心底烧得越来越旺；每一天，我都守着放票的高峰点，眼睛一眨不眨，我要抢的车次一共有三趟，放票时间是错开的。第一次是深圳到武汉，同一时间段本来有深圳直达信阳的票，但是只有八趟车，别说高铁，就连普通火车票我们也是想都不敢想的，所以直接弃权，反正武汉离家不远；第二次，是广州直达信阳的；第三次，就是下午一点的，广州至武汉的车次。

每一次我都是踩着时间点，紧绷神经披挂上阵，全身心地投入战场，结果每一次都是垂头丧气铩羽而归。

过了抢票的高峰点后，我还会持续在网上兜兜转转，梦想着有大批的退票出现：或高铁或正班列车或慢车。当然，我这必然又是痴人说梦，黄粱美梦又一场。

这场网络上的抢票，像一场无声的厮杀。人人都梦想着购来满意的一票，人人都想捷足先登，一时之间，千军万马前仆后继，刀光剑影，剑拔弩张，你点击登录，我秒杀确认。全国有多少亿人在外工作？怕是无法说清。

从打响春运战斗的那一刻开始，我们每一天都在冲锋陷阵，都在出手搏击，你来我往，屏息敛气。电脑的配置、宽带的速度、鼠标的快慢，无形中，大家都在决一雌雄，耗尽了时间、精力、脑细胞。

漫漫归途，能抢来一票，算是功德圆满的英雄好汉。

此刻，每个人都是一个抢票的搏击者，长剑出鞘，网速如马：快者，必将一马当先，手起刀落，夺来胜利的一票；慢者，再碰上崩溃不给力的 12306 网站，必将惨淡出局。

隐约的刀光剑影中，受伤的还是我们自己。眉锁屏前，坐在电脑前的我，看似宁静，内心却波涛汹涌。

转战南北的途中，迂回也成为一种常态。

孙子兵法讲欲擒故纵、声东击西，曲线回家，也未尝不可。直达家乡信阳无望，先武汉也可，看似峰回路转柳暗花明，然而照例无票，哪怕是价格高得离谱的商务座，转眼一售而空。不过，这商务座，我看了委实心头滴血脑壳疼痛，这可是白花花的银子呀，近两千元，一下子半个月的工资没了。一个普通的打工者，谁舍得大出血？仰天长叹之下，再次决定从广州出发，结果可想而知，无论是直达信阳还是借道武汉，都没票。

那经济车，加班无座的火车，二十一个小时慢腾腾的"老牛拉破车"，注定是我最后的归宿吗？梦有千千万，心有千千结，那呼啸而过的不是火车的声音，是我内心的挣扎与呐喊。

想起南下的第一年，坐了一趟两天一夜的加班车，那滋味真是刻骨铭心终生不能忘记，灼热的疼痛回忆，把我拉到举足艰难的车厢，人踩人、人挤人，摩肩接踵，车厢里无水不说，脏乱的环境、各种气味不说，厕所的大便无人清理，想上厕所只能憋着……这情形令从小体弱多病的我瘫倒在地，高烧不退。幸亏在这个节骨眼上，我被两个军人抬到一节松松垮垮的车厢内，一个貌似军医的士兵给我吃了药。

这一切，现在想来仍是心有余悸，倍感凄凉。

然而，回家的诱惑是如此巨大；家的温暖，在年关以光速传到南方，母亲呼唤着我的乳名的声音穿过梦境。看看日期，不能再等待奇迹的发生。我只能咬咬牙，闭着眼，点击确认，抢到两张无座加班车票，所幸，在所剩无几的加班车票中，我终于成功付款。

万般无奈下，这无座加班车便是最好的选择。算起来，距离我们上一次坐加班车，似乎很遥远了。但是意想不到的还在后面，2018 年从广州上车的我们，发现一切都发生了变化，上车排队时不仅多了许多义工维持秩序，而且解放军、警察也不少，再也没有拥挤踩踏偷窥的事情发生；进了车厢，更惊喜地发现，加班车是卧铺车改装的，二层三层除了可以放行李处外，还可以偷偷爬上去睡觉；车厢的人，也比前几年少了许多，不再拥挤不堪，乘务员也是那么和颜悦色、亲切可人。

现在，我泡上一杯茶，定下心来，品一品，尝一尝。忽然，心头飘过一句："生死涅槃，犹如昨梦；菩提烦恼，等似空花。"

润润口，深呼吸……少安毋躁，我又开始摩拳擦掌，进行战前预热了，为即将到来的重复战争披星戴月、跨马带刀、冲锋陷阵是也。

一场春运，一场集体情感的回归。一张车票，是情感的媒介，是家与游子之间的桥梁，它承载着太多的梦想与悲欢。年年春运，年年买票的艰难，让我期待着即将能够回家看到亲人的心情最终变得温暖起来；因为忙碌而日渐生疏的亲情关系，终于有时间来弥补了。

沿着书香的道路前进

从可园出来时，两点钟的太阳正毒，炽热的太阳笼罩在头顶上，沿着公路走了许久，我与廖明华又累又渴，一抬头看到路对面有一家咖啡厅，就一头闯了进去。满脸笑容迎接我们的，是穿着同样套裙的两个年轻女孩，都讲着一口流利的普通话，收银处站着一位长发的姑娘，她穿着连衣裙，看模样应该是老板。

咖啡厅并不大，30平方米左右。店内布置得温馨典雅，轻柔的音乐不断传来，在氤氲的香气中，我们各自点了咖啡与面包，慢慢地品尝着。室内的冷气使我安静平和下来，我向后一看，里面还有一个套间——"圆梦书吧"。这个书吧里放着一排排木书架，一人高左右，原木色，几排架子上摆满了各类书籍，大大小小，色彩不一。我示意听力不好的廖明华起身，端着咖啡盘一起走了进去。

这个民营书吧与咖啡厅是同一个老板，它的面积看起来与咖啡厅差不多大。头顶上的环形吊顶也是木制的，既有艺术范儿，也有一种古老的浓郁气息。我想它叫圆梦书吧，肯定老板也是个爱读书的人，这个小书吧圆了她以前的梦想吧。也许是周末的原因，干净的地面上坐了不少人，大家显得很放松，有的喝着咖啡，有的吸着饮料。他们中有长有幼，有男有女，只听到书页轻轻翻动的"窸窦"声，那种悠然自得的安宁，那种幸福感，是镜头远远无法捕捉的。

我默默地穿行在书架间，闻着纸张散发出来的芬芳，看着眼前的情形，我的思绪泛起了回忆的波澜，久久不能平息。

我小时候爱看电影，尤其爱看抗日战争片，每次听说附近村子来放露天电影，一放学，晚饭不吃就过去了。然而下乡的电影毕竟很少，往往几个月都看不到一场，这对于想了解外面世界的农村孩子来说，实在是件残酷的事。

好在有书。书籍是另一个世界，在纸质芬芳的世界里，在一行行的字里，我们用双眼发现了另一个无声的世界……一个个字串联出来的故事，是那么生动有趣。这些故事，让我们懂得人生的意义。

忧伤的人，寂寞的人，闲散的人，求知的人，心怀爱恨情仇的人……若能安静地坐下来，手捧一本书，多少是非恩怨，都会在不知不觉中得到化解。

20 世纪 80 年代初，国家才刚刚开始改革开放，所以物质条件还没有完全跟上，农村的条件更不用说。那时农村的读物很少，主要是读自己的语文课本或者姐姐哥哥的语文课本，书里面讲的故事，精彩得如同电影一样。偶尔同学们之间相互传递着一本两本破旧的连环画，就算得上是奢侈的事了，那时的连环画都是黑白插图配上汉字故事，大家会拿一些小礼物相互交换，我蹭书算是蹭出了最高的境界——死皮赖脸，有时甚至偷家里的鸡蛋跟别人换书看。从《小兵张嘎》《铁道游击队》《红岩》到《白娘子传奇》《三国演义》等，这些连环画让我们变得明白事理、能够辨别忠奸、坚定立场，让我们幼小的心灵从中得到感悟和教育。

通过书籍这一桥梁，我们打开了一扇与外界对接的窗口，视野开阔不少，作文也越写越好。如今想起那些发黄破损的书、白描的画、带拼音的字，心头感慨颇多。

印象最深刻的是有一次看书，把家里的牛弄丢了。这事发生在读小学五年级时的一个周末，我们一群熊孩子，早早地吃了饭，各自赶着家里的牛进山。按照惯例，我们骑在牛背上，一路上吆三喝四，一边走一边大声地唱歌，《东方红》《义勇军进行曲》这些铿锵豪迈的歌从我们嘴里飞出来，全都跑调了。

春天的山脉，松树、杉树、齐人高的茅草和矮小的灌木组成参差不齐的森林，都借着春风往上蹿着，到处是一蓬蓬映山红、带刺的秧泡子、毛茸茸弯着头的蕨草等，它们从绿毯子似的大地上起身，聆听着春风的脚步，与我们一起分享着大自然的美景。

同伴们找了一个开阔的山坡，把牛绳子挽在牛角上，任七头牛散放着。大家坐在一块大石头上，有两三个同伴到山上找野果子吃，其中有一个叫胜利的同伴，出乎意料地从书包里掏出一本《红灯记》，这本连环画在学校里传了许久，我思慕了很长一段时间，没想到这个周末竟然转到了胜利的手上。这本《红灯记》跟《小兵张嘎》一样出名，讲的是抗日战争时期，我党地下工作者李玉和一家三代，为向游击队转送密电码而前仆后继、与日寇不屈不挠斗争的英雄故事。

我与胜利并排坐在一起，一人扯着连环画的一边，沉浸在故事中。春风徐徐，阳光明媚，我们忘了天，忘了地，忘了时间，更忘了牛。

等到太阳升到头顶上，我抬头看一眼山坡下的牛，隔着菰草、树林感觉不对劲，好像少了一头，我立刻跳到石头上重新数了一

101

次，的确少了一头，七头牛只剩下六头。

同伴们听到我的惊叫，立刻收起了扑克牌，朝山坡下的牛群冲了过去，我拨开树杈茅草走近一看，少的牛还是我家的那一头。

我的头"嗡"的一声炸开，汗珠子溢出了脑门。贫穷的年月，一头牛就是一个家庭最大的财富，耕田耙地开垦全指望它了，一家人一年四季的苦力活儿全是牛干的，丢一头牛就等于丢了全部家当。

我哭丧着脸，对其中的一个同伴说："你赶紧跑回家，告诉我爸爸妈妈来找牛，我先在山上找找。"胜利说："这样不行，这么大的山，万一你迷了路走丢了怎么办？人比牛重要，你就在附近先找。我跑得快，我回去通知大人。"

等到胜利与我父母、隔壁的大伯一起气喘吁吁地赶过来时，我循着喊声与他们会合，母亲一边走一边责骂着我，我吓得一声不吭，我与母亲一个方向，父亲一个方向，大伯一个方向，四散开来找牛。好在父亲比较有经验，他专挑着水源野塘的方向走，终于在一个山坳水塘边找到了我家的牛。

这时已经下午一点多钟了。一进家门，母亲持着小刺条就往我身上抽，我跑得比兔子还快，直接跑到后湾的叔叔家，吃了点冷饭，挨到天快黑时才回了村子，我直接去了胜利的家，抄了《红灯记》里面的几句话："临行喝妈一碗酒，浑身是胆雄赳赳。鸠山设宴和我交朋友，千杯万盏会应酬。时令不好风雪来得骤，妈要把冷暖时刻记心头。"

随着改革开放的步伐，人们的生活水平不断提高，学校也好，政府也罢，都重视起了读书育人，少年强则国强。高一下学期，学校里不仅黑板报上频现文学作品，而且浏览室里还有政府"募捐"

来的不少书籍和报纸杂志，比如《红楼梦》《钢铁是怎样炼成的》《读者文摘》《新华日报》等，这些免费借阅的书籍，为我日后对文学的热爱打下了坚实基础。《钢铁是怎样炼成的》这部小说给我留下了深刻印象，书中共产党员的光辉形象一直烙印在我的脑海中，特别是主人翁保尔·柯察金，即便身体病重、环境艰苦，仍然在烽火中坚持革命工作。

在历史教科书和相关资料中，我读到董存瑞、赵一曼、杨靖宇等中国共产党党员的故事，他们不向侵略者屈服、忠于国家、永葆一颗忠贞的红心，英勇奋战，为解放中国壮烈牺牲。

从讲述抗日历史的各类书中，我明白了如今和平幸福的生活都是这些老一辈共产党员抛头颅洒热血换来的，懂得了国强民才能安康的道理。正因为有这些千千万万的共产党员前赴后继，才有了今天的和平。

这些共产党员，把整个生命和全部精力都献给了世界上最壮丽的事业——为人类解放而斗争。

弹指间，中华人民共和国成立七十周年了，在党与政府的领导下，我们祖国发生了翻天覆地的变化。大到一条条高铁、高速公路，小到家门口的沥青、水泥小路，昔日灰扑扑的黄土路不见了踪影，昔日的茅屋全都变成了高楼大厦；手机人人一部，电脑普及到寻常百姓人家，想看什么书，网上一查就有。而我们这些离乡的打工者，作为改革开放、社会主义现代化建设时期的受益人，到沿海经济发达的地区为梦想而奋斗，出门有出租、网约车，返乡有高铁飞机，眨眼的工夫，就可以回到千里之外的家乡。

我们这一代人，见证了国家的飞速发展给我们的生活带来的前所未有的变化。更重要的是，各地政府高度重视文化教育，各个城市各个学校都大力兴建图书馆，动辄几百平方米，各种类型的书籍应有尽有，电脑上一查，图书管理员马上调得出来你想借阅的书。坐在书海中，学生们从小就感受并秉承了中华民族热爱读书的优良传统。

国家主席习近平多次在媒体面前谈到自己的爱好，他说："我爱好挺多，最大的爱好是读书。"从少年时期开始，他走到哪里都带着书，有时吃饭也拿着书，求知若渴。所以，在许多会议报告中，习近平总书记也一再强调党员干部们要带头多读书读好书。

精神食粮日益丰富，各级政府办报办杂志，鼓励大家创作。爱好写作的人越来越多，在一页页书香中，大家都有了为之拼搏奋斗的梦想。而我，通过自身的努力写作，这两年发表的文章也越来越多，圆了小时候的文学梦。

现在，我家里不仅有了楼房，还有了书房，圆了我小时候的读书梦。走出去，随便走到哪个街镇，各个社区都有农家书屋、书吧、图书馆、浏览亭，便利、不收费，有少部分只需很便宜的月租，从早上八点一直开到下午五点三十分，让人们在休闲娱乐的同时，不忘看书，提升自我的修养。

就拿我们信阳来说，在文学副刊这一块上，有《信阳周刊》《信阳晚报》《信阳日报》，还有《信阳文学》杂志，下属各个县区也都办有报纸杂志。在信阳市民权路还有一家"环球书店"，至于"新华书店"更不用说，全国各地都有，信阳自然也不例外；在信阳礼节路，还有专门的二手书店，收购出售二手书，生意很火，那些急需一些冷门书籍的人，到这个书店来常常是满载而归；在信阳师范学校那里，几间书店都是琳琅满目的……

可见，人们在物质生活水平提高的同时，在文化教育方面也没有落下。

　　一本好书不仅是人生的良师益友、精神伴侣，更重要的是，一本好书就是一盏指明灯，让我们的人生与未来，更加开阔与敞亮，让我们脚下的路越来越清晰。

　　一个读书的民族，是砥砺前进的民族。我们的祖国正以朝气蓬勃的精神面貌走在国富民强的道路上。

母亲的巴掌

春节回家，看见母亲的手干枯、瘦小、皲裂，指头的关节处，还有巴掌心，许多老茧上又添了新茧。见我抚摸她青筋毕露的手，她笑着说："妈老了，这双手，再也提不起一些重东西了。"我心头一阵发酸。

母亲的这双手，也曾厚实丰腴，这双手也曾经充满了血色的河流，收拾过春夏秋冬。她不仅用自己的一双手开荒种地养活一家人，更重要的是，她同普天之下的所有母亲一样，用一双手抚育儿女们长大。当然，她的这双手，也曾经拍打过我们的身体，发出有力气的教训。

印象中母亲揍过我两次。第一次揍我，还是在我六七岁的时候。那时正是大年初一，虽已立春，但天气依然寒冷，早上的太阳藏起了脸，风"呜呜"地刮着，掀起枯枝、落叶、地上的鞭炮碎屑、稻草、烂菜叶……它们在空中飞舞，团团打转，风从村北头扫到村南头，路面被吹得干干净净，垃圾被暂时堆到墙角或柴垛的边缘，稍稍停留一会儿，再一阵风来，又会四散着往前飞去。不远处的池塘结一层薄薄的冰，冰上又落了一层新霜，被风吹得东一点西一点地散乱着，有的地方厚有的地方薄，"厚此薄彼"是此时的写照。

我家位于村子的中间位置，大门口夹在两个邻居家伸出的偏房墙中间，约莫有三条车道那么宽，像条巷道似的，门口栽有两棵树，一棵槐花树，一棵海棠树。一到夏天或冬日有太阳的午后，大门口便是村民们聚会八卦的地方。这个地方冬暖夏凉：夏天时，除了中午有一阵阳光穿过树木漏下分割的光影外，早晚都很阴凉；冬天呢，风还没来得及吹进来，就沿着村路掠过去了。

附近的村庄偶尔还传来零星的鞭炮声，这个时间点上，我父亲至少要比他们提早两个小时，天没亮就在门口放过了接年炮。我在门口捡拾着父亲放的哑炮，身边的树枝都是光秃秃的，虬枝峥嵘，树下除了落叶残渣外，什么也没有了，每天一大早地面总被母亲打扫得干干净净。

感觉有些寒冷，我重新系了系头上的旧格子围巾，把嘴也包上，只露出两个眼睛。

大姐坐在高高的石头门槛上，端着几个水饺正吃着。这时，门口来了一个老乞丐，看样子有六十岁左右，他穿着黑灰色的破棉袄破棉裤，有些地方白棉絮都露了出来，头发、胡须像落了一层霜，有些长，乱糟糟的，看起来好久没有洗过的样子。

这乞丐把自己的碗伸到我大姐面前，说道："大过年的，行行好，给点热乎的吧！"

我大姐赶紧站起身子，站到门槛里面对我说："妹，你去拿一条红薯给他。"

我转身"咚咚"地跑进厨房。

母亲还在厨房里烧猪潲水，她头也没有抬。年前从别人那里新捉的小猪崽，正在大门口不远处的猪圈里，一声接一声地叫唤。厨房的水蒸气氤氲到房梁上，顺着瓦楞慢慢地散淡，空气中飘着一股说不出来的香气。

我从菜案上拿了一小条熟红薯出来，递给门口的老乞丐，可他死活不接，一再指着姐姐碗里的水饺说他很想吃饺子。

那是20世纪70年代末，刚刚改革开放，我们村的人主粮都跟不上，平日里也是靠红薯、南瓜、地瓜这些杂粮来填充一下肚子。只有逢年过节才有一顿饺子吃，而且里面的馅大部分还是蔬菜馅的。

"没有饺子。"我大姐没好脸色，"我们都没有吃的，就这几个饺子，还是过年才有的。红薯你如果不要，也没有了！"

"你要不要？不要我就拿进去了呀，不给你吃了。"我也没好气地说，提高了声音，"没见过你这样要饭的。"别看我那时年纪不大，说话还是很利索的。

大姐"呼呼"地把最后两个饺子吞进肚子里，她那时十三岁左右，正是长个子的时候，人勤快能干活儿，饭量也大，我母亲常常说她是饿鬼投胎。

正在这时，母亲端着碗从厨房里出来，隔着一堵墙，她或许是听到了我们的话，径直走出了大门边，瞪了我一眼，把碗里几个水饺连汤水全倒进乞丐的碗里，一脸难为情地说："锅里没有了，就剩下这几个。"

我知道这是母亲大年初一的早餐。为了这几个水饺"大餐"，昨晚守年夜的母亲向邻居借了一升面，加水和好，又切了一堆白菜和一小块肥肉，细细地剁了好久，搅拌均匀，在煤油灯下和姐姐哥哥一个个包起来的，她的一双巧手，把饺子捏成几种花样。晚上很冷，温度比白天还低，为了省下柴火，母亲又不舍得加劈柴，火堆小小的，就像天上的寒星，只看得见光亮，却感觉不到多大的温暖。他们三人的手指头都冻得通红，特别是母亲，在放下最后一个饺子时，手都没法伸直。那时候的她也就三十出头，一双手有力道，尽管生活的一些伤疤茧子开始在巴掌上显现出来，但修长的手指还是美丽的。

今儿清早一起床，她就忙前忙后，饭都没顾得上吃一口，现在还把最后的几个饺子给了乞丐，这一次吃不上，不知要等到猴年马月才能吃上。

望着母亲手中的空碗，小小年纪的我很是生乞丐的气，咕咕哝哝地对着他嚷："你把我妈的饺子吃了，你把我妈的饺子吃了。"

乞丐哪管那么多，他两口就把几个饺子吞进了肚，抹着一把嘴，然后又往隔壁邻居家走去。

母亲走到我身边，拉我的胳膊，把我拽进了破旧的厨房，同时又把大姐喊过来，她让我们伸出手掌，掌心朝上，她使劲用巴掌"啪啪"地打着我们的手掌，厉声说："平时我怎么教育你们的？我说过多少次了，要尊重老人，要帮助可怜的人，你们看看这个老人多可怜，过年他都没家回……"

她的手掌厚实，有肉，充满血色，打人很痛。

我一边缩着手，一边往后退步，直到一堆柴棍抵住我的屁股，我才没有了躲让的空间。看着母亲铁青的脸，我的泪水在眼眶里打转。或许是大姐年长我几岁，久经"沙场"，她倒是一副死猪不怕开水烫的样子，母亲的巴掌打下去，她既不躲也不让，就那么笔直地站着，只把眉头皱了皱。

直到母亲一再问我们记住教训没有，我姐妹俩赶紧说："记住了。"母亲这才住了手。

她一转身，我就跑出厨房，溜得比兔子还快。

然而童年的我是不长记性的，遇同类的事情倒也好，母亲的教诲尚能在耳边回响，一旦有个变通，我的顽皮本性就像锅里煮饺子，久了，馅就露了出来。

春天里摘野菜摘野果，是我们补充粮食的重要途径之一。逢上星期天，村里的小哥哥小姐姐们就不用上学，他们领着我们这一群小屁孩，背着家里的小背篓，或挎着小竹篮到处跑，去门前不远处的山上掐蕨菜、挖野笋、拾地皮、摘秧泡、抽嫩茅等等。除了这些之外，还去田沟里摸小鱼小虾，去泥里捉青蛙和乌龟。这些年少有美食存在于我现在的味蕾里，让我的记忆时不时越过时光的河流，沉湎于那时的简单快乐并为之心酸。

有一次，我和几个年龄差不多大小的玩伴，都是六七岁的样子吧，在一块空泥田里挖泥鳅，水积多的时候，我们就划分区域，挖条小沟截流疏源。

隔着一块水田，大人们正在插秧，我的母亲也在其中，她们一边干活儿一边有说有笑。

一条黄鳝突然从我脚边蹿出头来，头黄黄的，肉嘟嘟的，个头还挺大，我伸手一按，黄鳝一滑往前蹿了一段越过了我的"地盘"，我的中指与食指只钳住它的尾部，我身旁的小顺掐住了它的头，我们两个人合伙把这条黄鳝按在泥里。

我们两个都半弓着身子，浑身都是泥巴，脸上头发上也是，半仰着头，他看着我，我看着他，谁也没有松手的意思。

事情的结果可想而知，我们打了起来，黄鳝又重新钻进泥里，他虽然是男生，但是个头没我高，力道相差不远，我们扭打在泥田里，像相扑运动员那样——想到这里，现在的我忍不住笑了起来。

在我们的扭打中，在几个孩子惊叫中，我们两个人的母亲跑了过来，拉开了我们，我母亲率先把我扯到上围的水塘边，让我在水里站好。她扒掉了我的一层外衣，一边淘洗着我耳朵里的泥巴、解散了我的头发，一边教训数落我，说她忙，我总是不让她省心，不是下水就是上树，要么就是打架。

骂着骂着，母亲来火了，她的眼睛本来就不算小，瞪起来更是吓人，用我们那里的土话说叫"牛蛋眼"。她的齐耳短发用发夹别在脑后，我相信，如果她不生气，还是蛮漂亮的。

她照着我的屁股就是一大巴掌："你真是一匹响马呀，今生是跟我来讨债的……我一再让你不要跟人打架，有事让着别人，怎么就不懂事呢？"

说着说着，她又是一巴掌扫了过来："你给我多长点记性，比你小的小孩，你也要让着他们。"

我的屁股火辣辣地痛了起来，我打了一个趔趄，抽抽噎噎地哭了起来。春末的阳光并不强烈，水里有些冷，我颤抖着身子，任由母亲用凉水洗着我的身体和我的头发。

那年月，每家半大的孩子都好几个，个个都要吃要喝要长身体，我们家也不例外，前后姊妹五个。母亲每天早早起床，烧火做饭，白天下田下地干活儿，晚上洗洗缝缝，多少次睡了一觉醒来，母亲还在煤油灯下纳鞋纺纱。

生活的劳累，一点点地磨损着母亲的温柔，消耗着她曾经的好脾气，她实在无暇跟我们多磨洋工。现在的我，深深地体会到了这一点。

随着年龄的渐长，在以后的岁月里，这两次挨揍的经历，一直存在于我的脑海里。为人处世稍有差池时，挨揍的情形总像放电影一样出现在眼前，让我以此为戒，小心地规范反省自己。

一转眼，母亲再也不能脚下生风了，再也没有一吼就灰尘震荡的中气了。每次我给她钱给她礼物，她总是腼腆地笑："谢谢，谢谢，又花你们这些孩子的钱了。"

望着她满头的白发、驼起的背，听着她病痛的呻吟、小心翼翼的口气，我忍不住鼻翼发酸，转身就落下了眼泪。

鸦有反哺之报，羊有跪乳之义，孝敬父母，岂不是做子女应该的吗？

母亲，你可知道，我多想你还能举起巴掌，好好地吼叫着揍我一顿。

家有儿女

一

空闲的时候，我很喜欢看《家有儿女》这部电视连续剧，不为别的，只因它是一部平凡而又琐碎的家庭生活喜剧。在这个离异又再婚的重组家庭里，着重写有不同父母而生活在一起的姐弟仨，时而矛盾时而和好时而又联手古灵精怪地对付继父母，而继父母面对个性不同的孩子们也只得使出不同的教育招式……整部剧剧情搞笑，幽默中不乏教育意义。

严格地说来，我是个很喜欢孩子的女人，也曾幻想如同《家有儿女》里面的男女主人一样儿女成双，然而幻想始终是为圆满现实生活中的不足所依附的梦幻而已，梦醒来后终归抵不过现实的柴米油盐。最终因这样那样的原因，我与丈夫始终心动而没有行动。在儿子刚满一周岁时，我们两口子便外出打工，把儿子留在老家让他的爷爷奶奶照顾。

转眼高三的儿子，同往年一样，补课过后决定带着他的大堂妹云菲一起到我们这里来游玩一趟。得知儿子这个决定后，我兴奋得好似吃了兴奋剂一样，提前几天来来去去总往超市里跑，感觉儿子和云菲缺这缺那又好像什么也不缺一样。为小丫头买来生活必备用品，看看花花绿绿的睡衣裙子堆放在床上，我心底的母爱泛滥，柔情一片。

丈夫曾笑着说："可惜云菲不是你的亲生女儿，后悔没有养一个女儿吧？"

去车站接人的这天凌晨，翻来覆去睡不着的我五点半就打电话叫醒了丈夫（我到分厂去了），丈夫在电话里生气地说："七点出发也不晚呀，这么早就把我叫醒了，他那么大的孩子，难道不能自己坐大巴过来？"

话虽这么说，但他躺了一会儿后还是起床了，他一边开车一边教训我说："儿女都是前世我们欠他的冤家，今生就是来讨债的，你少为他操心，省得日后他不孝顺时伤心。"

得得得，这真是大煞风景的话，但这片乌云马上被很快就能见到儿子的喜悦之情冲到九霄云外。

儿子与小丫头出现在我面前的时候，儿子一照面就伸手握住了我的手："儿子驾到！"他腕力很大，握得我龇牙咧嘴痛苦不堪，他扔给我的一句话竟是："衣服难看，鸡窝窝头发会被我奶奶骂死。"

说罢他立马松手，毫不拖泥带水，表情严肃。我甩着疼痛的手，气得牙根痒痒，恨不得一巴掌搧过去，想想是亲生的，也就忍了。

看来，这小子长大了，有了自己的审美逻辑，日后我这个老娘得注意点。七岁的小丫头倒爽快，只说了一声"老妈（家乡话，等同于伯母）我来了"，我牵着她嫩嫩的小白手，心花怒放，昂首阔步地带领他们回到我的单人宿舍。

"同志，我一夜未睡，光照顾她去了，我睡也！"儿子把包扔在地上，四仰八叉地躺在我的凉席上，我顺手开了空调。

"不行，先洗脸冲凉再睡。"我急得又拉又扯又打，"坐车太脏了，要讲究卫生。"

可他魁梧的身躯任凭我东拉西扯，自是岿然不动；小丫头倒是会察言观色，立马上前用小手挠她哥哥的胳肢窝，儿子大笑一声跳了起来，用手指点着她的额头说道："我白疼你了，不带你回去了，我一个人走。"

"你走，我不怕，老妈与老爹会送我回去的。"这丫头满脸自信地说道，她说这话的时候眼光还扫过来看我。真是人小鬼大，会拍马屁了。

"哎呀，真乖，对，你要听老妈的话，哥哥不听话，等会儿我揍他。"

儿子伸出拳头对小丫头晃了晃，做出凶神恶煞的样子，小丫头立马往我怀里缩："老妈，老妈，我哥哥想打我，他就是不听话，不爱干净……"

"去，洗澡！"我拍了儿子一响巴掌，儿子一拧身进了洗澡间，小丫头却不放心地追问我一句："老妈，你轻点打哥哥。"

洗澡间的水哗啦啦地流着，儿子隔着门还在吆三喝四："老妈救驾呀，我的换洗衣服还在包里，你从门缝里塞进来，拜托呀……"

他的腔调拖得抑扬顿挫，令我浑身起了鸡皮疙瘩，我大喝一声："别号了，再号就不给你送了。"

"我光着身子出来？"

"你生下来还不是光着身子的？像剥皮的小狗全身红毛毛。"我揭短道。

"少儿不宜呀……"儿子长叹一声。我从门缝里塞进衣服,小丫头片子这时拿好自己的换洗衣服等着哥哥出来。

当儿子走出洗澡间时,小丫头发现他的头发湿淋淋地滴着水珠,当即伸了一下舌头大叫:"不讲卫生,地板弄湿了。"

"你欠揍哇?"儿子一把把小丫头拎起又抛在席梦思上,仰在床上的小丫头咯咯大笑。我哭笑不得。

唉,家里突然太热闹了,我都不知是高兴还是心烦呢!

二

我首要的任务是照顾好一家人的吃喝拉撒。第二天便换着花样做饭炒菜,然而临近中年才亲自下厨的我,炒出来的菜除了老头子皱着眉头说好吃外,儿子直夸比去年暑假来时有进步,说得我冷汗淋漓,小丫头则说:"与我奶奶炒的菜味道不一样。"

为她这话,我琢磨了半天,搞不清她是人精给我面子还是……私下问她到底好吃不,她这才说没有奶奶炒得好吃。感情这小姑娘真会说话,没有当众说不好吃,只说味道不一样来着。

买菜的时候,她为我打下手,买水果的时候,她帮忙挑选,洗碗的时候她小手捧上,哎呀呀,女儿真是妈的贴心小棉袄哇(可惜不是俺亲生的)。

再看我的亲生儿子,他跷着二郎腿斜躺在沙发上,时不时与堂妹争电视机、夺遥控器,闹得不亦乐乎。为个《喜羊羊与灰太狼》与《宫廷计》,两个人频频抢台。我满头大汗地在狭小的厨房忙活,而他连自个换洗下的衣服都不肯洗,嘴里还振振有词:"第一,我打一岁起，你就没有亲力亲为地养育我（这话真是戳到我的痛处，越发令我愧疚了），更别提为我洗了多少次衣服做了多少次饭，现在正是你难得的表现机会；第二，中国人的传统观念，是男主外女主内，等我长大后我挣钱会给你用的，你先发扬发扬你那伟大而又光辉的母亲形象为我主内；第三，我是家中的长孙，从小被宠坏了，四体不勤，再说我在学校已经洗衣洗厌了，在家中有你这个女人的情况下，我若再洗衣服做饭，抢了你的功劳，让你情何以堪？第四嘛……"

说到这里，儿子的语气突然一转，带着乞求的腔调撒娇道："老妈，求你了，别让我洗了，你帮我洗，好不好？好不好？我就快回老家去了，以后你想洗想表现还没有机会呢！"

听了儿子的这番"慷慨陈词"，我怎样想都感觉是自己亏欠儿子太多。唉，反省啊，当妈的真是不合格呀！正欲拾起儿子的臭衣裤时，坐在那里半天没有出声、实则一直在旁边察看的老头子，当场喝道："自古慈母多败儿，你口口声声这教育那教育，到头来什么都听他的？他长大了，让他自己动手！"

老头子的语气不容商量，我吓得又拿眼睛看儿子，儿子对我打了一个作揖的手势。

老头子再转过脸对着儿子，声色俱厉："你是个大男人了，现在是你替妈妈分担的时候，我像你这么大的时候……"

"你像我这么大的时候走南闯北去挣钱，你像我这么大的时候洗衣做饭样样干，你像我这么大的时候听话孝顺父母很少见……你这老一套的说辞我都听得耳朵起茧子、思维长疤子了。我们这年代能与你那年代相比？"儿子满脸不屑。

"你妈妈也在上班，我都没舍得让她为我洗衣服……"老头子的脸色越发不好看起来，本来皮肤就黑，这会儿更是包公脸了。

"那是你宠着你老婆，应该的……"儿子针尖对麦芒。

锅里煲的汤飘来阵阵香气，是那么温馨，与眼前的冲突似乎格格不入。眼瞅着这吹胡子瞪眼的父子俩，我感觉心痛，对正在观架的小丫头指指两人，小丫头立马对着哥哥叉着腰，大吼一声："哥哥，你吵什么吵？他是你爸爸，你要听话。"之后转过脸孔对着老头子也大吼一声："老爹爹，你们吵什么吵？他是你儿子……我要吃你炒的肉，你炒得比老妈好吃。"

乖乖，父子俩的气焰顿时也算是灭了大半。我对儿子使了一个眼色，与他一前一后来到阳台，我小声地说道："儿子，莫怪你爸，他对你严厉是为你好，怕你四体不勤五谷不分，再说，你想让我为你洗衣服，你私下对我说或者我偷偷地洗掉，不要当着你爸的面说不就成了？我们要讲策略，不要惹你爸生气。"

"他的脾气比我还大。"儿子气呼呼地把臭衣裤扔进水桶里，哗啦啦地放起了水，看样子他准备动手洗刷。看来，老头子骂他的话，他还是放在心上了。

三

电视机里正播放着《家有儿女》，屏幕上一家人吵得正欢，男主人公为丈母娘买的生日礼物陶瓷罐被大儿子与女儿摔破了盖子，两个孩子为了不被责骂又把它藏了起来，男女主人为了找出撒谎的孩子，软硬兼施。

此时正是下午四点多钟，室内空调温度怡人，外面艳阳高照，九月的秋老虎仍是"虎虎生威"，炙热的太阳仿佛转眼就可灼伤人的肌肤。此时我们一家四口人都在，老头子为了要送我与小丫头到分厂看看，刚才特地从办公室提前回来。

见我们三人此时在看同一个电视频道，他诧异地嚷了声："真是难得呀，同一战壕了。"他自己也坐下来欣赏了两眼，见里面的家长正在教育孩子，追着孩子们满厅乱窜，他乐开了花："看看，这就是撒谎的后果，做错了事不承认，现在挨打了吧?"

"你就知道打。"儿子冷不丁抢白了一句。严格说来，他从未挨过他老子的打，但常常被恨铁不成钢的老子训得狗血淋头是真，所以他经常说他爸爸：比女人还女人。

"当说服教育不了的时候，武力解决也是一种办法……行了，我送你们娘儿俩到分厂看看吧，几天不去不太好。我晚上还要到客户那里去，忙着呢。"

儿子一听说要送堂妹和我一起去我工厂，立马坏坏地提醒小丫头："你去了会想我的呀，你要是哭我可不接你呀。"

小丫头则不以为意："那就拜拜了。"她穿好鞋袜，又拿起椅子上的书包，催促我："老妈，走呀，老爹爹的车在楼下等我们呢。"

上车之际，儿子倒显得若有所失，小丫头则没心没肺地一再和他挥手拜拜。

白天我上班，小丫头独自一人留在宿舍里，她的时间我安排如下：早上起床后吃罢早餐，她自行看书写作业；中午我们午休起床后我打开电脑让她看《喜羊羊与灰太狼》；五点半下班饭后，我辅导查看她的作业情况，有错误的地方多练习几次，直到学会。隔天晚上外出一次大概两小时，带她去吃附近的美食。

我俩的生活过得按部就班，家人总说她不听话顽皮，可是她在我这里，却真的是个乖乖女，自己吃饭自己洗碗，悟性很高，做错的数学题稍稍点拨一下，立马就会。

老头子那边则对儿子投诉不断，说儿子不做饭，就是吃泡面，白天睡觉晚上乱窜，篮球场他雄姿飞展，台球处他流连忘返。

"唉，这儿子真令人头痛啊，没看到他读书，不是读书的料。"老头子在电话里忧心忡忡。真是可怜天下父母心！

"他补完课来的，也读累了，该歇歇了，你别老是婆婆妈妈地训他，他又不是杀人放火，也没有成为不良少年，非得天天抱着书本你就高兴？忍几天他就走了，你耳根也清净了。"我只得这般劝他。对儿子我同样没辙，从小就不在身边，哪能把他当面团想咋捏就咋捏？他有自己的思想和处事能力，能长成阳光与幽默的模样还真是谢天谢地，干吗老看他阳光背后的阴影呢？

照他与儿子的牛脾气，我真怕他父子俩对决叫阵。

然而我担心的事还是发生了，有天晚上十一点左右，老头子的一通电话让我听得心惊肉跳。他告诉我他终于动手打了儿子两巴掌——感情这两巴掌是憋了很久似的。他怕儿子半夜三更离家出走，在这人生地不熟的地方不好找，先自个儿摔门跑出来给我打电话，让儿子一个人在屋子里安静地哭一会儿。

"我打了他，我的心真痛呀，肠子悔青了。"老头子在电话长吁短叹。

"那你干吗还打呢？"我有点不悦，儿子都十六七岁了，还挨打。刚睡下的小姑娘，一听到"打"字，立马清醒无比："是不是我老爹爹打了我哥哥？"

一伸手，她抢过我耳边的电话："老爹爹，来接我过去。我回去告诉我奶奶，你打我哥哥，让我奶奶骂死你。"

聪明，这么小就懂得一物降一物，孺子可教也！小丫头说完这句话，就把电话递给我，气鼓鼓地翻身侧睡。

"我也是情非得已呀，当时我数落他的各种缺点和需要改进的地方，教育他不要对家人大嗓门说话，要他懂得反省和感恩，不要在家里板着脸……谁知他一而再再而三和我顶撞，我说一句他顶两句。我气急了，我就说'要不是你这么大我真想打你一顿'，你知道他怎么来着？"

"怎么来着？"

"他当时就把脸伸了过来，大声地说'你打呀你打呀'，眼睛冒着绿光，嗓门比我的还大，脸都伸到我眼前了，这么嚣张的儿子，你说我打不打？"

"打得是不是很响？"

"当时脸都打红了，左右各一巴掌，他哭了我就跑了。"

本以为这顿打会令父子俩反目成仇，想不到第二天上午两人就开始说话，儿子还主动从超市扛回大米和蔬菜，中午做好了饭还问刚下班的父亲吃不吃，随后的几天里父子感情融洽，儿子也在他面前变得彬彬有礼。

老头子私下曾偷乐："这孩子太皮了，打一顿竟然清醒本分了！"

看来"棍棒底下出孝子"也有道理呀。

字敲打到这里的时候，我忍不住发了一条信息给已回到老家的儿子："儿子，你老爸打你疼不疼？"

儿子回复曰："不疼，跟挠痒痒差不多，再说，本公子我皮糙肉厚，经不起这点皮肉之苦算什么好汉。你算什么哥们儿义气，这声问候迟了好几天……我已到学校，如今，我们一家三口还是三足鼎立，他日我来统一好让父母大人安享晚年。"

我晕，这真是三天不打，又要上房揭瓦了。

人间芳菲四月天

一

我对西湖的认识，源于小时候看过的一部爱情电影《白蛇传》，在这部电影里，蛇妖变化成一个美丽的女子，在杭州西湖寻得前世的恩人许仙，他们同舟避雨。

大家都知道，杭州西湖是个很美丽的地方，两岸垂柳青青，花朵婀娜。湖里烟波浩渺，水波粼粼，渡船点点，尖尖的小船摇曳着别样的风情。戴斗笠穿蓑衣的老翁，站在船头弯腰摇桨，白须飞扬，他的歌声在耳边回响："有缘千里来相会，无缘对面手难牵；十年修来同船渡，百年修来共枕眠，若是千呀年呀有造化，白首同心在眼前……"再看看船内的两个人，含情脉脉，相对无言，多少柔情蜜意在时光中流转。

不远处，山色空蒙，青黛含翠，弯弯的断桥架接着西湖两岸，深情地凝视着来来往往的游人。很快雨过天晴，撑着油纸伞的人们，又开始漫步湖边。仿佛许仙与白娘子走在断桥上面，郎才女貌，卿卿我我，好一派人间美好四月天……这个画面就这样定格在我童年的记忆中。

那唯美的场景，加上白娘子与许仙凄美的爱情故事，把一面西湖深深地刻画在我的心底，雪藏在灵魂的深处。

2008 年我到东莞分厂巡线，这里离惠州很近，我才联系上的高中同学张静在电话中无意说起："惠州有个西湖很漂亮，来了到西湖玩，还有东坡故居。"我惊讶得下巴差点掉在地上。说实话，这之前我一直是孤陋寡闻：怎么可以有两个西湖呢？

其实，我那时的诧异，说明了自己的无知，中国的西湖，不止两个，而是多个。其中较为出名的一是杭州西湖，二是惠州西湖，三是扬州瘦西湖。

在我的内心深处，西湖应该独属杭州，它代表着唯美忠贞的爱情，是白蛇与许仙的爱情发生地，应该是唯一的、排他的。所以，我魂牵梦萦的西湖——这代表着爱情的圣洁湖泊，竟然有多处？！真是不可思议呀！

2009 年春节，我和我丈夫去惠州看望张静。来接我们的是她与她女儿，并不见她的丈夫。去惠州西湖的路上，张静一边走一边唉声叹气，把这些年的经历慢慢讲了出来。

这么多年来，她的家庭已经支离破碎，心，也算得上伤痕累累。

她的第一次婚姻破裂发生在湖南。第一任丈夫是她在张家港麻纺厂认识的初恋，名叫李华。这是一个身材矮小的男人，油嘴滑舌，望人时，目光闪烁不定。在女方一家人都反对的情况下，他靠着三寸不烂之舌，成功地把张静娶回湖南，婚后，两人在街上开了个理发店。

张静夫妇很快有了儿子。然而人有旦夕祸福，他们的儿子在三岁那年走丢了，在互相埋怨中，夫妻两人日生间隙。偏巧李华又与理发店的小妹勾搭上了。张静在与李华多次打架吵嘴后，最终离婚，孤身一人离开湖南南下惠州。这一年是 2002 年，因为当时的网络通信都不似现在这么发达，我们也失去联系多年，所以我并不知晓。

考虑到进厂终究不是长久之计，到达惠州后的张静，由于相貌姣好很快找好了工作，她进了一家 KTV 酒店学习按摩，由于人很勤快，能屈能伸，她学得很快，半年不到，就相当熟练了。人来人往之际，她结识了一个贵州男人，名叫张丰庆，小她九岁，也是按摩学徒。就这样，近水楼台先得月，一场猝不及防的爱情再次来临，打乱了她平静的生活。休假的时候，他们常常成双入对，西湖边、拱桥上、楼亭处，到处都留下他们恋爱的身影。

最开始的时候，张静并不打算嫁给张丰庆，毕竟张丰庆小她九岁，可她耐不住他的强烈追求，最终还是动摇了。他们同居后，于 2004 年生下了女儿，女儿后来上了贵州的户口，但是张静与张丰庆依然没有领结婚证。或许，在潜意识中，她已对爱情失去了希望。爱情的湖水逐渐干涸了，心中的西湖渐行渐远，不再唯美。

五年的时间，其实并不算长，但对于朝夕相处的夫妇来说，双方的性格早就原形毕露。张丰庆好赌、好吃喝，不懂得节制，身患三高还总是管不住嘴，啤酒肚越长越大，还不好好上班，动不动就跳槽，夫妻俩一直没有积蓄……这对于希望过安分日子的张静来说，实在不能容忍。

他们开始争吵，最后分居，反正也没有领证，又没有共同财产，口头协议一下即可。平时由张静接送孩子上学，周末张丰庆会把孩子接过去。

说起这些，张静感到十分茫然，她苦笑着说："过一天算一天吧，好歹有个女儿。"她每月能拿四千多元的工资，刨去房租、水电、养孩子等各种开销后，所剩不多，每个月都过得紧巴巴的。

二

站在王朝云和苏东坡的雕塑前，已是下午两点左右。苏东坡抚琴，王朝云站立一侧，微笑倾听，衣袂飘飘。这尊雕像与底座连在一起，类似赭红色，立在一块并不算大的草坪上。背后有一圈浓密的树荫围着，阳光斑驳地照射下来，落在雕像上，平添了几分柔和之美。

这里其实是一面山顶，雕像面对着波光潋滟的西湖。西湖面积辽阔，湖岸弯环曲折，湖上洲屿点缀，三面青山环抱。在烟波浩渺的湖面上，堤桥如带，把湖面分割成五大部分，素有"五湖六桥"之称。20世纪90年代，政府又把不远处的红花湖贯通，形成了"六湖一体"，从而使西湖的水域面积更加宽广。

这面美丽的西湖，原名叫丰湖。北宋绍圣元年大文学家苏东坡被贬谪到惠州，他看到丰湖很美，就把丰湖改称为西湖，原因有二：一来湖位于城西，二来也因惠州的这面湖泊与他熟悉的杭州西湖一样美丽，并且他的小妾王朝云也来自西湖。自此以后，丰湖的名字渐渐被淡忘，大家都开始叫它西湖。

这个西湖，之所以闻名周边乃至全国，除了它的风景可同杭州西湖媲美外，与苏东坡和王朝云的爱情故事也是分不开的。

大家都知道，苏东坡一生中有三位重要的女性。王弗，苏轼的结发之妻，宋英宗治平二年病逝，时年二十七岁。王闰之，苏轼的第二任妻子，是王弗的堂妹。她自小目睹了表姐与苏轼的深厚感情，并为苏轼的才华所倾倒。当表姐离世托孤时，她毅然决然地挑起了主妇的责任。这个女人陪伴苏轼经历宦海的大起大落，经历了最困难的时期，始终不离不弃。可惜这个重情重义的好女人，在陪伴了苏轼二十五年之后也病逝了。

第三位就是王朝云了。宋神宗熙宁四年，苏东坡因反对王安石新法而被贬为杭州通判。有资料记载说，熙宁七年，年仅十二岁的王朝云进入苏家，二十三年间始终与苏轼患难与共。

苏被贬惠州之时，已近六十岁，此时妻子王闰之已病逝两年。身边众人散去，住在偏僻的惠州，荒僻而又寂静，生活虽然清苦，但西湖的美丽与周围的山脉，是大自然恩赐的灵山俊水。他与王朝云二人远离尘世的喧嚣，苦中作乐。一起盖房子，摘野果摘荔枝，种菜钓鱼，泛舟写诗，到湖中心的岛上逗鸟学鸣，去雁丰塔登高，看斜晖阡陌纵横辽阔。举案齐眉、琴瑟和弦，可谓是：你挑水来我浇园，你吟诗来我磨墨。一唱一和间，他们的感情如西湖的水一样，清澈莹莹，同舟共济患难与共。

在苏轼身边待久了，在他的耳濡目染下，王朝云也学会不少歌赋诗词，两人之间有了共同的兴趣与爱好。从生活的角度来说，她们是患难与共的夫妻，从精神层面来说，又是灵魂的伴侣。所以王朝云颇得苏轼的喜爱。

苏轼很感激朝云对自己年老时的不离不弃，曾作诗云："不似杨枝别乐天，恰如通德伴伶玄。阿奴络秀不同老，天女维摩总解禅。经卷药炉新活计，舞衫歌扇旧因缘。丹成逐我三山去，不作巫阳云雨仙。"他将朝云视如"天女维摩"般纯洁不染的人间仙子，字里行间，对她的爱恋不言而喻。

岁月如流水，昼夜奔流不息。而今，当我们站在王朝云坟墓前时，双手合十，为这个奇女子的一生感慨。年仅三十四岁的她早早染病离去，不能不说她的离去对苏轼是个沉重的打击。她成为他爱情里的绝唱，成为他一生中最后的温暖回忆。西湖中心岛上双双起飞的白头鸟，只徒增了苏东坡的伤感而已，带着万般不舍与伤感，他终日去坟边呢喃耳语，他亲自选挖的坟墓，坐落在半山腰上，面对着波光粼粼的西湖，阅尽人间世事沧海桑田。

这一湖之水呀，叙不尽他们的爱情故事；这一湖之水呀，洗不尽他们的生死别离之苦。他们的爱，与这悠悠的西湖有着生生不息的关系。

三

我们四人走在西湖的廊曲亭榭间，边走边谈。一路上，张静眉锁深愁，抱怨婚姻。她羡慕我夫妻二人情比金坚，说我们结婚 20 年了，历经风雨，还能一路陪伴。我与丈夫相视一笑。其实，生活中，谁没有磕磕碰碰呢？爱情也是有保鲜期的，为了让它一直保持新鲜，我们都需要努力地为生活增加营养。那些激情燃烧的岁月，早就在柴米油盐之中，化为生活中点点滴滴的温情。

明白了这些，爱情才能像西湖的水一样，柔和绵长，滋润心田。

我说着自己与丈夫的相处之道，她连连点头，我问她今后打算怎么办，她陷入了茫然，半天没有吭声。或许，西湖之水再也不能滋养出她曾经的幸福感，更无法让她的爱情重新开花绽放……

走在一道弯弯的拱桥上，我们不约而同地喊出："断桥。"

是的，这座拱桥跟我们在《白娘子传奇》里看到的一模一样。

拱桥之下，一湖之水静静地卧着，像一面镜子，映照着头顶上的蓝天白云，也映照着桥边的垂柳。微风拂动下，斑驳的阳光摇晃着，轻轻地拂过水面。不远处的小游艇或木划船上，有船家穿着现代的衣服装模作样地摇着船桨，有人举着相机不断地调整角度拍摄，这一切，都在述说着眼前的西湖跟记忆中的杭州西湖已是不同的时代了。

这座"断桥"上，迎面走来一对情侣，他们举起自拍杆合影留念，留下一串串幸福的笑声。看到他们成双入对，张静怅然若失，她轻轻地拍打着"断桥"的栏杆，忽然苦笑着说："断桥，断桥，难道断了我的一世姻缘？"

她的眼中似乎水雾弥漫。

我告诉她说："断桥，架通了两岸。命运掌握在你自己手中。往前走，就积极地生活，和孩子的爸爸谈谈，别任性，要晓之以理动之以情；往后退一步，若真做到一刀两断，就赶紧重新找一个，否则，这样拖下去，只会害了你自己。"

她若有所思地点点头。

临告别之际，我们一起在西湖边合影，留下了许多美丽的照片。这美丽的西湖，既见证了别人的爱情，也见证了我们的友谊。

从西湖回来后，大约一个月时间，张静给我打过一次电话，她告诉我说，她考虑清楚了，因为女儿的原因，她打算再给张丰庆一次机会。他们二人当着孩子的面谈妥了，如果他还继续赌，不好好调理身体，她就马上回老家再嫁。他答应了她与孩子。

我闻之欣慰。

一晃眼，六年的时间过去了。2015年国庆，张静打电话让我们夫妻俩去惠州玩一趟，继续上次没有走完的西湖之路。我与丈夫开车前往。在惠州汽车站附近，她与张丰庆站在承包的快餐店前，亲自迎接了我们。

他们夫妻做了满满的一桌菜，举杯相邀间，他们谈起了这几年承包的快餐店，说起自己的奋斗经历。大多数时候，都是张丰庆说话，张静笑眯眯地听着。

一顿饭下来，我再也没有听到她的叹气声。或许，在生活面前，他们夫妻二人痛定思痛，都为爱情与婚姻做了改变。

下午，我们照例去西湖走走。沿着弯曲的长堤，跟随着游玩的人群往前走。初秋的阳光下，撑着花伞的游人真不少，九曲十八弯的中心亭上，穿红着绿的年轻人一对对进入我的眼帘。看着眼前银光跳跃的湖面，再看看不远处的山坡上，苏轼的青瓦故居与高高的雕塑，不由得想起杭州的西湖，想起白娘子与许仙。

此时的心情，真是人间芳菲四月天。

想来，对爱情与生活充满美好的向往，是大多数人的期盼。我们每个人的心中都有一个波光潋滟的"西湖"，爱情之水清凌凌地摇荡着，洗涤着我们浮躁的心灵，让我们变得从容而幸福、淡定而温和。

看着眼前的明媚景色，我不由自主地说道："西湖真美。"

我们的年

与水相依的大马哈鱼，每年都有千里洄游"返乡"的现象，这种现象恰恰与中国人过年时集体返乡、迁徙的情形相一致。

在外工作的国人，每年刚进了年关门，便为了弄一张返乡的车票（或机票）与家人团圆，绞尽脑汁使出浑身解数，从而产生了无意识的集结出动。这种集结的庞大阵容，令人瞠目结舌，难以想象。不管是飞机、高铁还是轮船、摩托，所有的运输工具都背负着浓浓的乡愁与使命，在祖国大地上来回运送迁徙的人群。

这种以"年"为单位的人群周期性往返，大爆发的时间段全都围绕着中国年而行动——从而蔚为壮观地称为"春运"。

一场中国年，一场举世浩荡的风俗节日；一场中国年，一场集体主义的情感回归。

春节，我们中国人独一无二的节日，代代传承，已经千百年了。它的习俗，节日期间喜庆与欢乐的场面，各地都是大同小异。它让我们每年都有着同样的经历，为日渐生疏的家人，提供一个特定的时间段修复与弥补感情。

打糍粑

打糍粑，打糍粑

脱了棉袄又脱褂

嗨……哟……哟，嗨……哟……哟……

糍粑白白捏朵花

打糍粑，打糍粑

娃儿见了笑哈哈

嗨……哟……哟，嗨……哟……哟……

吃了糍粑黏住牙

　　歌谣一阵阵地响起。院子里，四个男人围着大石臼，各拿一根"T"形木棍，木棍有三个扫把棍粗，立在地上半人高左右。他们一圈圈地转着，绕着石臼不停地杵捣糯米粒，嘴里不停地唱，歌声高亢昂扬。有的女人也亮出歌喉，唱着唱着，有几个大一些的孩子也跟着节奏附和起来。这种半喊半歌的《打糍粑》歌谣，都是临场发挥，即兴而唱。至于它最初是谁唱出来的，不得而知，反正每年打糍粑时，我们的乡村就会有人唱起来。个别打糍粑的男人，贫嘴饶舌功夫厉害，也会现场临时改歌谣，但万变不离其宗，无非是腔调与口气不同，拖音的长度不一，但引出的效果往往不同，有些男人会调皮地配上肢体动作，周围观阵的人就会笑个不停。

　　男人们嘴巴不停，手不停，四根木棍均匀地不停捣在糍粑上。其间，歌谣有时也会停下来，转换至另一个场景：男人们开起来了女人们的玩笑，荤段子过火了，女人们就会捶打男人，大家闹着、笑着。

这种手工打糍粑的场面，在我们乡村，仍在持续上演。

作为必不可少的一种"年货"，家家户户都会备有糍粑。小时候的农村合作社是没有糍粑出售的，糍粑都是农村人用糯米打出来的。打糍粑是我们小时候年年所见的场景之一，到现在它仍像一场农家的盛会，把村里人都调动集合起来，有时不远处的外村亲朋也会加入其中。

听说，这项打糍粑的习俗，已流传了近千年。

每年进了腊月门，村前村后的人都吆喝着打糍粑。之所以吆喝着打糍粑，是因为这项高强度的体力活儿，需要团队合作才能完成，在合作的过程中，雄浑的歌声能够调动气氛，调动大家的热情，劲头高涨。

看好天气，定好劳力，找好主家，打糍粑活动才能开始。做主家的人，实行的是轮流制，以年为单位。这主家通常要负担打糍粑几个人的简单吃喝。一般来说，一个村子最少有一台打糍粑的石臼，这石臼有耳，多是四耳，也有的是两耳。这台笨重的大石臼，直径至少五十厘米，重量少说也有二百多斤，被村里四个壮汉抬进主家的院子，用白毛巾与竹把冲水洗刷多次，直到干干净净为止。

通常主家的院子都不会小，实在不行，大门口也有一片空地。除了放这台石臼外，还要搁下大大小小的箩筐或水桶，水桶里有正在泡着发酵的糯米，细篾箩筐里有正在滤水准备上灶台的糯米，小股水流顺着箩筐底轻轻地流到院子下沿，流入排水沟。这些米粒洁白水灵，都是当年的新稻，给农家人带来许多希望与美好。湿润的糯米都是提前泡好的，由村子里不同的人家挑担过来，各家的家什箍桶米粒斤数不等，各人自然识得分明。

此时主家的厨房里，雾气弥漫，米饭的香气阵阵飘来。一口外圆内凸的特制厚木桶架在一口大锅上，锅底的水欢快地沸腾着，水蒸气透过木桶的底部往上涌，灶间的柴火烧得正旺，"啪啪"地欢笑着。这些木柴，都是各家抱过来的，根据自己家糯米的多少，抱来相应数量的木柴棍。蒸饭的伙夫眼力见儿贼好，他的心底就有一本账簿，蒸谁家的糯米，谁家的木柴多了几根谁家的木柴少了几根，他自然说个头头道道，并通知各家增减。

说起伙夫，我就想起我们村里的哑巴叔。从小到大，哑巴叔一直是烧火抱蒸笼的伙夫，每年村里"打糍粑"他都是必不可少的一员。在计数的问题上他也不含糊，伸着手指头就能让对方知道木柴的增减数量。那时的村里人特别淳朴，宁可多两根也不会少主家几根，省得亏了主家。哑巴叔个子高大，好像浑身上下总有使不完的劲，干起活儿来一个顶俩，不过，他的饭量也大。哑巴叔早早没了父母，在我的印象中，他时不时在我家帮衬干活儿，我母亲总是给他缝补衣服，有时也留他吃饭，有时他也陪着我父亲喝几口二锅头。有时村里其他人家需要帮忙，大家都会跟他比画让他过去，一来他有个吃饭的地方，二来他也能帮忙干活儿。因为年事已高，哑巴叔这两年退出了打糍粑的阵容。

一蒸笼里的糯米，通常不超过三十斤，提前一天泡好后，再倒进米桶里蒸好，差不多就是一满桶。需要打"一蒸"糍粑的人家，要事先过好秤再浸泡，家里人多的农户，有的过年需要打三到四"蒸"的糍粑。

时间过去差不多一个小时后，观望水蒸气直直向上，闻到米粒的饭香，伙夫就知道该出锅了。抱起蒸笼之前，他会跑到院子里看一眼，以防上一笼的糍粑没有杵好出臼。

伙夫的腰上围着湿润的破衣服，抱起有耳的木桶蒸笼，哼哧哼哧地走进院子，洁白的米粒倒入石臼，一股股香气往空中飘去。他转身走入厨房，从大水缸里捞起轮换的另一只木桶，用竹刷子刷掉粘在桶里的米粒，再把刚出笼的木桶扔进厨房的大水缸浸泡起来。

打糍粑的男人们，不唱《打糍粑》歌时，有时也会说起村前村后的趣事，逗得院子里的人们全都哈哈大笑。在这场打糍粑的过程中，不时有小孩子们跑来跑去，闻着糯米的饭香，他们实在忍不住了，就拿过一块干净的湿毛巾，飞快地用毛巾从石臼里拧起一把糯米团。细心的主妇，会为孩子备一点白糖放在高高的廊檐上，得到糯米团的孩子，蘸着白糖就吃了起来。一块湿热的糍粑捏在手里，有调皮的孩子会先把它们捏成各式各样的小动物，然后才塞进嘴里。至于大人们之间的打闹笑骂，他们才懒得多看。

说到这些打糍粑的壮汉，我倒想起我们村的一桩趣事。

那年腊月轮到隔壁的科家作为主家。一群年轻力壮的小伙中，有一个是我村的张虎，他是我们的本家，身高 1 米 73 左右，年轻魁梧，他脱下棉袄穿着单衣，挽起袖子，打了一蒸又一蒸。打糍粑其实就像一场篮球赛，需要很大的力气配合，有人转不了几圈，汗珠子就翻滚落下，嚷着换班，闲坐在院子的其他男人就开始脱掉棉袄，"哎呀呀"地加入其中。他们杵着捣着，糯米慢慢地粘上棍子，换上木桶里浸着的其他木棍，也有人直接往木棍上涂上碗里备好的食用油，再接着使用。

别人都换班几次了，张虎还嚷着不累。这天科家刚好来了个男亲戚，他待在院落里看着张虎打糍粑的一招一式，真是打心眼里欢喜。这亲戚在科大伯面前直夸张虎是个干活儿的好把势，若没有婚配，愿意把他的二姑娘嫁给张虎。人的缘分就是这么奇妙，一场打糍粑，成就了一段美满的姻缘。

打着打着，慢慢地，糯米成泥，柔软而且有弹性。男人们加快速度跑动起来，四根棍子插入糯米泥的底部，来回交叉左右换手，一团糯米泥成功地如麻花状绞在四根棍子的底部。他们吆喝一声"起"，四个男人举起这团糯米泥，快速地往廊檐下小跑。廊檐下，早就有铺好洗净的门板，门板用几条长板凳支着，上面撒了一层白面。这团糯米泥放在门板上，男人们抽走木棍，就有人开始拧糍粑吃，特别是孩子们，每年趁着打糍粑的时候，他们都能放肆地吃个痛快。

这个时候，女人们的活儿来了，趁着糍粑还没有完全冷却，她们先撒上一把面粉，再用短短的木棒捶打，一蒸笼糍粑被捶成了薄薄的长方形，撒上一层面粉，等待着第二层糍粑的加入。在等待的过程中，也有打糍粑的人家拿着一把刀过来，把冷却的糍粑划开，切成一小块一小块的，放入自家担子里挑走了。

这一块块糍粑，放入水缸里浸泡起来，由年前吃到年外，有的泡到来年三四月份，到插秧季节还在吃。糍粑的吃法也有多种：可以直接从缸里捞起来放入稀饭锅里，待到黏糊柔软就可以和稀饭一起盛入碗中，就着小菜吃上一大碗；也有的单独烧一锅开水，把糍粑切成一小块小块的，和着甜酒煮软，再配上银耳红枣，加入红糖，制成美味的甜品；喜欢咸食者，还可以在一锅柔软的糍粑里加入肉块、青菜等，再撒一点油盐，吃得满嘴生津。漫长的冬夜里，烤着炉火的一家人，饿了直接从水缸里捞起一块糍粑，架在火上，烤得四面黄澄澄带壳，看起来鼓鼓胀胀的，再敲破一个角，想吃甜的倒进一勺糖，想吃咸的塞进一勺酸菜……咬一口，那个美呀，如今回想起来，仿佛这字里行间都散发一阵阵香气。

随着时代的发展，有些地方已经出现了打糍粑的机器，而我们这些农家人，自始至终还保留着石臼（有的地方叫石槽）打糍粑的习惯。这原汁原味的手工打法，使糍粑之间的间隙更加微小，食用的时候口感更加软和，糯米的醇香在唇齿间流转。

打年鱼

就过年的气氛来说，打年鱼其实是最热闹的一曲，因为其时全村男女老幼包围鱼塘的盛况，称得上"绝无仅有"，而这种"绝无仅有"的场景之所以让人回味留恋，多半是因为打年鱼的氛围有着更深刻的念想。

我们村一共有三口塘，村中与村尾各有一口，另外一口在远一些的地方。每次打鱼前，池塘的水放了大半，留下的水位到阴漏处就行了。

记得我小的时候，湾里还是大集体，家家都是挣工分吃饭。每次打年鱼，都是在腊月底。看准了天气，队长头天在高音喇叭里一吆喝，第二天，整个村子的人就倾巢而出，有箩筐的拿箩筐，有担子的挑担子，大人后面跟着小屁孩，人人脸上都喜气洋洋。要知道，那时候是贫穷的年月，家家都吃不饱，生活用品都是凭票供应购买，就是有票也不一定能买到鱼肉。胃里经常空荡荡的，常常在半夜饿醒了。

大家盼呀盼呀，盼来了过年，终于盼来有鱼有肉的这一天。

寒冬的太阳光很弱，北风呼呼地吹着，但吹不走大家的热情。男人们多数衣袖半卷，棉裤卷到膝盖处，光着脚踩在淤泥里，冻得龇牙咧嘴的，但大家的劲头都挺高。他们牵起大渔网，左右分散，一边七八个男人扯着大网，网底吃水越沉，拉得越吃力，兜起的鱼儿越多。一拉，鱼儿就拼命地跳高，又扑通地落在水里，溅得水花四起，落在网里。孩子们都乐疯了，站在池塘岸上，跟着大人拉的方向也移着步子，拼命地喊："好多鱼，哇，好大呀，有红鱼。"此起彼伏的声音，随风传出去好远。

人人脸色潮红，仿佛这是一场千年的盛宴。

到了塘尾处，两边的网慢慢收拢，所有的男人都一起把网往滩上拖，大家呼呼地喘着气，终于一身泥来一身水地把网拖到泥滩上，第一网捞起来的鱼，多半是又大又肥的，一个叠着一个，一个挨着一个，密密麻麻，得了，又是一个喜庆年。池塘埂上铺满了稻草，大人小孩只管弯腰把鱼全部甩上岸，刚起网的鱼还是活的，扑腾着，有时还不得不一下子抱住它，虽然脸上身上全是泥巴，但是大家都笑声不断。

捞鱼通常一网是捞不干净的，漏网之鱼太多，就着收网的位置，大家又会倒回去一网，男人们牵着网，又一左一右地分开，回到塘头处，就近又把鱼往岸上甩。

岸上的女人们或用担子，或用筐子，一个个收拾着鱼，把两处的鱼收拾在一个地方。分派几个小孩子看管好，防止狗来拖鱼。

小孩子们围着鱼跳来跑去，鼻涕"呼噜呼噜"地吸着，小脸蛋通红，但嘴巴咧得比裤腰都大。

一口塘的鱼得捞半天，通常一天就打两口塘的鱼，然后两口塘的鱼合在一起，过磅，按劳力工分分配。

因为那时的贫穷，一些人家虽然分来几条鱼，却舍不得吃掉。便串上草绳，提到街上卖掉，换来柴米油盐、洋布洋火，细心的父母还会为孩子换来一些糖果，算是过年了。

我小时候有关打年鱼的记忆一直停留在全村人的集体出动上，大家热热闹闹地办着共同的年事。后来随着分田到户与外出打工，村子里的人越来越少，鱼塘被承包给私人，再也没有这番打鱼的热闹了。

当然，每逢过年，村里的鱼还是要继续捕捞一茬的。

池塘的鱼，都是年初下鱼苗，年尾就打。鱼苗多半是大头，有鲢鱼、青鱼。这些鱼儿，经过一年的时间，一般来说长到四五斤不成问题。村里打鱼，永远是孩子们最喜欢看的一项活动，人前人后挨挨挤挤，不时伸手在浑浊的水里捞一把，双手抓起一条黏糊糊的鱼尾，在众人的笑声中，又扑通一声把鱼放在水边。外围的渔网拦着，这些鱼儿自然无法逃脱它们的命运。

我们村的山顶上，有一口大水塘，我家在山上办了养猪场，所以顺便承包了这口鱼塘。每年腊月二十前后，看着天气预报，挑一个有太阳的日子，小叔子就张罗起打年鱼的事来。由于村里不让放水，水深，这给打鱼带来一定的难度。好在，我们家购来两条木船，请来有经验的打鱼师傅，撒下大网，一左一右顺着塘的形状包抄缩小。

站在水塘边的亲朋邻居，男人们个个穿着连鞋连身的防水衣，有的还在棉袄外面套着大皮围裙，好似杀猪屠夫。这样全副武装，自然感觉不到寒冷了。一看渔网越扯越紧，他们就下到浅水区帮忙扯一把，鱼儿扑通扑通地跳起，水花四溅。一般来说，同年生长的鱼差不多一样大小，但是也有出乎意料的隔年鱼。记得前年，我们家就弄了四五条大草鱼，十四五斤一条，其中有一条比较大，整整四十三斤。这条大鱼一现身，守在塘岸的邻村两户人家都冲到水边，为了抢这条大鱼，差点打起来，两家都要娶新媳妇，都争着要买这条大鱼走油用。最后的解决办法是当场"剪刀石头布",输赢无二话。

现在的人生活好了,舍得吃大鱼大肉。我们池塘头一天打的鱼,多半还没有走上市场,就会当场被湾邻买走,这家十斤那家八斤,一般都会抢购一空。农村人家,多数常年在外,有不少赶到年底才娶新媳妇,三天的流水席也需要不少鱼肉。再者,送新媳妇家的上头挑子,也需要八条差不多长系上红纸的鱼,和肉类面类一起挑在担子上进新媳妇的娘家门。

打年鱼,它作为年终的一个重要活动,年复一年地进行着。而无论富裕人家还是贫穷人家,最终都会有一条年鱼,无论大小,端上大年这天的餐桌上,是为"年年有(鱼)余"。

杀年猪

每年腊月门一进,每家农户便提前跟屠夫招呼,说家里要杀年猪,屠夫掐着日期说道:"初一张三,初二李四,初三王二麻子……得了,你的初十。"

得到屠夫的准信后,各家农户便安排打糍粑,家里有承包鱼塘的,还要赶紧把打年鱼安排在杀年猪的前面。

表面看来,打糍粑或者打年鱼跟杀年猪是风马牛不相及的事,其实关系很大,杀年猪必须是压轴戏,否则顺序一乱,容易出一些生活的岔子,虽然不会闹出什么大动静,但是会让人手忙脚乱,且还可能让猪肉因迟迟下不了缸而变质。所以,过大年,在无形中还是有些先后次序的。

杀年猪,在我们那里有个不成文的规矩:陪屠夫吃年猪饭。这可是个大阵容，有鱼有肉才成，而且每户人家最少来一个人，如果村里人多，往往最少有二十几人，少则三桌才行。

杀年猪这天，屠夫在院子里或者大门口与一帮男人忙活，而一帮子女人则在厨房里忙活，洗菜的洗菜，煮鱼的煮鱼，若家里没有鱼塘的，则往往是买来许多鱼，去头刮鳞弄干净，只待屠父把猪杀死，摘出猪油。通常第二天开始，主家便炼猪油，有的地方也叫走油。所谓走油，就是把猪油或者肥肉切成一小块一小块的，放入大口的铁锅中，灶下木柴架得很多，火在下面烧得"噼啪"响，烧火的人脸色通红，一锅子的猪油慢慢地翻滚着。我们把提前备好的食物摆上长长的木案头，豆腐块、糍粑、鱼块、面角，有的还炸糍粑或者红薯等，先后下到油锅里，一会儿炸好了，金黄色的猪油很香，空气中飘浮着诱人的味道，小孩子在灶前跑来跑去，不时往嘴里塞一块吃的，然后跑开，出去玩耍一会儿再来。

回头再说说杀年猪，算得上是一道麻烦的过程。

有一年我们家杀年猪，胡屠夫是腊月二十五日中午来的，他开着一辆三轮车，把一篮子杀猪用的刀子、绳子、铁杆和拔毛用的毛夹临街一放。最大的物件就是自制的铁锅台案，比一张办公桌还略长，中空的直径最少有六十厘米，铁锅台案都是用角铁做的支架，一口大铁锅罩上中空的部分。屠夫吩咐帮忙的堂哥倒满水，堂弟拿来柴火，当街架火烧起来，火哧哧地笑着，不时有风吹过来，灶下的火笑得更欢。

另一拨的几个男人，包括我丈夫，把猪围堵在猪圈里，先用绳子套住它的一只脚，主人在前面唤，把猪弄出猪圈。走到地段开阔处，紧接着就得把猪的四只脚全捆扎起来，这得套牢打死结，需要几个男人同时配合好，把猪捆得结结实实，或许猪知道自己将要走向断头台，在死命的号叫中，被几个五大三粗的男人抬上杀猪台，固定好位置，头稍稍下垂。

从腊月开始，到各村连轴转的屠夫一直没能好好休息，他双眼通红，耳朵上夹着一支烟，嘴里还叼着一支烟，牙板子黑黄。他手持一把尖刀对着猪脖子扎了下去，一股子鲜血喷到地面上的大铝盆里，白色的气泡"嘟嘟"地往外冒着，猪的叫声越来越弱。

猪血放干后，屠夫和男人们把猪推进热水锅里，滚两次，然后刮净猪毛。刮净猪毛的猪尸光溜溜地躺在台案上，屠夫在一只猪蹄上捅一刀，长长的钢筋棍顺着这一刀的缺口直通进去，然后抽出来，屠夫便把一根细小的竹管插入猪蹄，拿来打气筒夹好竹管，我小叔子便开始打气，屠夫则在一旁抽烟休息。

听着围观的人夸赞猪养得好大，我婆婆面露喜色。这对一个成日里操持家务，天天剁红薯藤子、青菜叶子的主妇来说，是莫大的荣耀。

打了气的猪，身子慢慢鼓胀起来，像白色的气球。鼓胀胀的猪被男人们架在提前固定好的树杈子上，垂直地吊了下来。屠夫扔掉烟头，手持尖刀在猪肚子中间一划拉，一道大刀口由猪头到猪尾，猪就这样被开膛了。屠夫取出猪肝、猪肺、猪心、猪大小肠、猪肚、猪板油，脚下的大箩筐越来越满了，屠夫手上的砍刀还在挥舞着，猪肋骨、五花肉、后座、猪头……全程半天的工夫，一头猪便在屠夫一点一点的剁砍之下，被分解得有条不紊。

在屠夫分解猪肉的时候，左邻右舍有孙子的人家，便会过来跟屠夫讨要猪尿泡。大人把猪尿泡放在石条上揉捻得薄薄的，包上一根竹管或用上打气筒，把猪尿泡吹得像篮球一样，它透明稀薄，仿佛随时可破。拿着猪尿泡当玩具的孩子，进进出出，开心得像一个将军似的。

对农妇来说，猪身上还有另一件宝，那就是护肤用的"猪胰子"。猪胰子，也叫猪胰脏、猪横利。在我们那里，每年冬天杀了年猪后，许多人家都会将猪胰子取出，反复捣烂加上一点火碱，制成"猪胰子皂"，代替香皂来洗手、沐浴。这种猪胰子皂，是我们小时候经常用的护肤品，对冷疮或皲裂等问题亦有显著的预防与治疗作用。

外面的男人们忙着杀猪。而我婆婆、姑子，还有我同村的妯娌们，此时也正在厨房里忙得不可开交，淖猪血，煮饭菜，焖猪肉，择菜洗菜，煤气炉上闷着大块猪肉，猪排骨虽然只是下水，但冒出的水蒸气一样飘荡着香味。我则跑出跑进，去街上买饮料和一次性碗筷，有时婆婆一看配菜不够，就猴急马慌地让我再去一趟超市。

这顿杀猪合伙饭，整整开了三桌，二十六个人。男人们划拳，女人们喝饮料，小孩子们则在另一桌边吃边打闹。

这样热闹的时光，每到年底就会出现一次。过年，把我们团聚在一起。

围炉烤火

近两年春节回乡下老家，我发现了一个普遍的现象：以往烧柴烤火的光景似乎不见了，取而代之的，是许多人家在客厅里烧起了无烟炭火，甚至还有少数农家人开了空调吹着暖气。

看看光洁的地板，再看看一个个穿金戴银的农家人，我不由得在心中感慨时代的飞速发展，感慨改革开放带来的巨大变化。

记得小时候，只要霜打下来，立冬门一进，家家户户就在为过年做准备，"年味"很浓。女人们紧赶慢赶为一家人纳着新布鞋，为孩子备件新衣。有时翻晒一些南瓜子葵花子、洗衣浆缝，在晒场上一边收拾旧衣服破棉被，一边唠着家长里短，互问对方家的年货准备得如何。那时候，大家普遍都穷，说是准备年货，其实顶多是家中多备点瓜子、红糖、面酥之类，条件好一点的人家，手头上有点余粮票，弄来三五斤白面，配上生产队分来的一点点猪肉，再加些家里开荒种地得来的青菜，吃一两顿饺子，算是最好的改善了。

印象最深刻的就是立冬后的备柴。大人们抽出一些时间上山，砍着山上的藤条刺荆，砍着胳膊粗的松树、野槐树，树干用斧头削成半米长，用藤条或家中备好的衣条，捆成一扎扎的，码在路边停放的木制架子车上。主人牵着绳子，套着牛套的老牛在前面拉着，逢上坡路段，女人在后面推一把，架子车"吱吱呀呀"一路响着，在大地上弹奏着一曲生活的音乐，在群山间回响，虽然略显单薄苦涩，但是那时的人心简单，抹着脑门上的汗珠，男人与女人还是咧着嘴笑呵呵的。

回到家中，放学后的孩子们帮忙卸柴，把这些带着水分的劈柴囤积好，整齐地码放在院墙的角落，盖上透明薄膜，三面敞着，冷风"呼呼"地一吹，木柴很快就干透了。

之所以提前备这么多木柴，一是为过年做充分准备，二是为了家里御寒。北方的冬天非常寒冷，每个农家都有火炉。火炉通常只有农村专用，它多是窑洞烧出来的泥制火炉，中空半圆形，一条手柄连接两端，再经过上色熏陶，多数会成为酱色或者近泥土的那种暖黄色，心灵手巧的工匠们有时会在进窑熏制前，在呈圆形的泥体四周雕上山水花鸟，待到烧窑成形，十分好看；各种大小的火炉出窑，流通到市场上出售，有大有小的火炉品种，无瑕的、有点瑕疵的，都按照不同价格出售，它们会被不同身份的人购走。

熬不住冷的时候，每次做饭灶间烧几根木柴，一顿饭熟了，木柴也差不多烧完了明火，此时的木柴已没有了火焰，但尚未成炭火的状态，此时，大小火炉便派上了用场。大火炉钳上炭火，盖上草灰，一家老小围在一起烤烤手脚。小火炉通常被农家人盖上一件破衣服，被当成手炉提着走西串东，也有好赌的男人们提着它，夹在裆下出牌，待到发烫时慌忙拿下手炉，棉裤早就被烧焦了，每逢此时，赌友们不免哈哈取笑一通。

我们这些贫穷的学生提着小小的泥制火炉去学校，家里大人都用破棉衣把它包得严严实实，有时逢上结冰路滑，偶尔会有人跌倒在地，小小的火炉也摔得粉碎，自个儿爬起来看看无法复原的火炉，再看看长满冻疮的手，忍不住流泪，一路哭到学校。有心思的家长，在火炉上又做了进一步改良，用小小的铁皮或油漆桶重新钉敲一番，再把手柄穿进竹筒里以免孩子烫了手，此时家制的手炉再次出现在学校内，里面盛装着炭火或小小的煤块，因为怕风吹走上面一层柴灰，柴灰上面再盖一块薄薄的铁皮，小手炉带来的温暖，幸福了整个童年。

而在有的学校，每逢深冬一到，每个学生需上交二十斤到三十斤木柴，逢上结冰的天气，老师们都在教室角落生火，烟雾四起，往往呛得学生们涕泗横流，而老师们还在烟雾弥漫的教室把课讲得声情并茂。讲着讲着就到了农历腊月二十左右，年关逼近，学校的师生们在一番祝福声中各自回家，为过大年准备年货。

这样的岁月，现在回想起来，忍不住又要热泪盈眶一番。

只有在过年的时候，农民们才能空闲下来，围在一起烤烤火唠唠嗑，邻里之间相互走动，家中有一堆火烤才不至于显得那么无趣。寒冬腊月时过年，天总是那么冷。那时的雪下得很大且时间很长，动不动就没过膝盖。在白茫茫的世界里，孩子们堆雪人打雪仗，偶尔点燃几个吃年饭时才放的鞭炮，炸出了孩子们的惊喜与欢笑，把过年的气氛抬得更高。

因为下雪的缘故，过年时走亲戚串门子，便抱起几根木柴，在矮小的偏房就地烧了起来。后来，有的人家有了铁制烤火盆，火盆市面上有专卖的，中间是深凹下肚子的铁盆，四周是用木头制的架子，可以放脚，铁盆中间可以堆放燃烧的半木半炭，半关上门，一屋子也很快暖和起来。有时，男人们围成一圈，一边闲扯家长里短，一边小玩几把长牌。也只有过年的时候，男人们才能这么有闲情，换着平时若这样，女人们通常要骂半天："犁生锈了，铧也钝口了，这些你不准备好，开春了怎么办？天天哪门子心思还打牌？"

有了烟火气息的家，意味着生活将会过得红红火火。这红红火火的一堆柴火里，寄托着来年的希望与美好。哪怕烟雾弥漫熏得鼻子不是鼻子、眼睛不是眼睛，也好过家徒四壁的寒冷。一家人开开心心地围在柴火周围，聊聊过去的日子，说说未来的打算，说说开春在田地里播种哪些作物，说说村前村后的八卦趣闻……家里不时传来笑声，贫寒的日子也渐渐有了起色与盼头。

再穷的人家，对小孩子来说，只要过年，就意味着有新衣服穿——所谓的新衣服，有时是改姐姐或哥哥们的旧衣服。只要过年，就可以疯玩几天——这些，都是在童年令我们感觉很快乐的事。只要过年，孩子们就会有一些平时吃不到的零食或肉类。

这个时候，柴火往往还会起另外的作用：为孩子们烤衣服鞋袜。在外面雪地里疯玩了半天，衣袖鞋袜灌满了雪水，又没有多余的衣帽可以换。一到家中，暂时脱下棉衣棉裤，在父母的责骂声中拧起衣服，挨近火堆，烤它个热烘烘，烤它个满屋的嬉笑怒骂。换着平时的日子，如果把衣服弄湿了，少不了一顿皮肉之苦，然而因为是在"过年"这么隆重的节日里，讲究的父母怕孩子一年都会有错事发生，断然不会为了湿衣服而打孩子的。

如果说烤衣服在小时候过年时是一种常态，那么烤花生烤红薯，甚至烤麻雀则是另一番情形。一年四季总有一段青黄不接的日子，要精打细算地吃稀饭喝面汤，为了填饱一家人的肚皮，大人们想尽了一切办法，开荒种南瓜、种红薯、挖野菜、吃甜根等。

过年期间，有些亲戚会提来一袋瓜子花生，有些会拧来小半袋红薯，条件好一点的还会有红糖做的咬不动的糖果面酥。对于动不动就吃不饱的孩子们来说，这些零食可是天下美味。特别是红薯，最受欢迎，它生熟都能吃且能快速填饱胃口，父母生怕孩子们会一口气偷吃光，往往藏到孩子们找不到的地方。逢上晚间，家中柴火添烧得正旺，父母会掏出来几只红薯和一小堆花生，堆放在柴火周边，叮咛孩子们看好翻动，然后平均分配。闻着空气中飘荡的香甜味道，捧起手中的"宝贝"，小心翼翼地咬一口，酥软香甜的红薯滑入舌尖，是此生最幸福的味道。

而烤麻雀则是一种奢侈的加餐，茫茫雪地上，饿晕了的麻雀很容易捕捉。扫净一块雪地，地上撒一把烂菜叶或一些米粒瓜子皮什么的，上面扣上一只箩筐，下面支起一截小木棍，棍子上系一条长长的绳子，待寻食的麻雀钻进箩筐，远远地拉动绳子，木棍倒下去，麻雀扣在箩筐中，往往一捉就是好几只。

把麻雀捂死，埋进柴火的灰烬下，等到发出肉香的味道，从灰烬中扒出来，剥掉毛皮扯开膛肚，剔出内脏后的肉骨，蘸上一点点盐就能吃了。麻雀太小，填不饱肚子，只能算是偶尔塞下孩子们的牙缝解馋而已。然而围着炭火烤麻雀的情形，兄弟姐妹相互帮衬的童年趣事……在如今的春节谈话中回忆起来，内心仍充盈着甜蜜与感动。

望着眼前正在欢笑的一炉炭火，我感叹时光易逝岁月如梭。生活在不知不觉中越变越好，家家户户囤积木柴的光景不见了，取而代之的是煤炭或无烟炭。

随着时代发展，科技飞跃，全民经济生活水平的提高，各种各样的保暖衣保暖棉鞋都生产出来，各色花样的保温手袋慢慢代替了手炉，人们提着五花八门的保温袋尽情地享受温暖。

现如今，四通八达的管道燃气，除了烧饭炒菜外，也穿通地板或墙壁，像一条条经络。想起有一首诗，恰如管道燃气的写照："形参鸟道层层接，里悟羊肠面面通。荐以文茵饶雅趣，一堂暖气着帘栊。"这些暖气输送到各家各户，温暖了你我，温暖了高楼大厦，温暖了整个冬季。

不断更新的电器，电风扇、电炉子、带电的麻将桌、冷暖两用空调、电热毯，只要一接通电源，你我的世界便是温暖如春。

过年，哪怕再寒冷，都会有一个温暖如春的家，无论哪种"炭火"，它都给予我们美好、红火的生活。

大红灯笼

春节，作为中华民族的重大节日，它的"中国红"弥漫了全国各地，到处都是火焰一般的红，到处都是红色的海洋：红包、红灯笼、红对联、红福字、中国结、红色的糖果、红色的鞭炮等摆满了大小商铺超市。

总有 **灯笼** 在心头

公路中心的绿化带，街道两旁的住户，各商家门口、大小酒店都挂起了大大小小的红灯笼，有单层的如圆球一般，有双层的如葫芦一样，红彤彤一片，把节日的气氛渲染得更加浓厚。

且不说我们农家门口，就连我们打工的各个工业区，很多工厂门口也一左一右地挂起了大红灯笼，它们在风中摇曳；夜幕降临，有的灯笼里面还亮起了灯光，远远看过去就像一朵鲜活的花儿一样，温暖着进出厂的工人们，也温暖了路人；更有甚者，红红的灯笼不停地转动，上面还有滚动的字幕：恭喜发财，红包拿来……

记得有一年，我们工厂前前后后的围墙以及花园里参差不齐的树上，挂着大红灯笼和三角形的各色布条，在风中左右摇曳，像舞蹈的彩色女郎，煞是好看。特别是办公室门口的屋檐下，高高地挂着一对红灯笼，又大又圆，接上电源，灯笼里字幕滚动：万事如意，恭喜发财。

夜幕四合，我们工厂所有的灯笼全部开启，把工厂辉映得富丽堂皇，红色的灯笼像一个个可爱的精灵。一阵阵酒香菜香不时随着空气飘过来，办公室门口的一大片空地上，请过来做年饭的"又一村酒楼"的十几名服务生，往支架起来的大锅里不断地添加切好的海鲜蔬菜等，两种色泽的小馒头已摆放在十几张桌子上。

菜不断地添上桌子，大家推杯换盏，喝得其乐融融，这顿工厂举办的所谓年饭，其实也就是各公司所称的"尾牙饭"，借着过年的机会，各位老板领导犒劳辛苦了一年的员工们。各公司视情况而定，有的"尾牙饭"放在年前收工前，有的放在年后开工时。大家在醉眼蒙眬间洋相百出，笑声一浪接一浪地传开，红彤彤的灯笼更加明亮，光彩夺目。

记得 2008 年，全国大部分地区出现雪灾，深圳的温度还是挺高的，人心更是温暖。对于那些不能返乡的工人，地方政府部门不仅免费为他们开放了所有游戏娱乐场所，并在各处挂上大小不同的红灯笼，灯笼上写着春节快乐，大爱无疆。有的则写着：欢迎外来工免费进入。各镇还免费公映平时难以看到的电影，大部分工厂还为大家集体烹饪了美味可口的年夜饭。

红灯笼，中国结，高高地挂起，不仅挂出了过节的喜庆，也挂出人心的温暖与幸福。红灯笼，象征着团结吉祥，也象征着我们美满光明的生活。

大年三十

凌晨时分，"接年"的鞭炮声便响个不停，此起彼伏，一束束光亮升腾到空中，照亮了整个黑夜。鞭炮，作为安静的终结者，整个春节就没有消停过。大街小巷村头村尾，到处都是鞭炮声，和着风，红红的纸屑漫天飞舞，从年前飞到年后，空气中氤氲着香气。仿佛没有鞭炮，过年就失去了热闹与动静似的。

鞭炮声在耳边彻夜响个不停，一家老小都睡不着。凌晨五点多钟，我们就"被迫"从床上爬了起来，孩子们在院子里梳洗，公婆在厨房里生火烧水，他们身后的木柴堆了半人高，灶间需要添柴时，手往后摸一根就塞进了灶间，一锅水很快就翻滚起来。

按照过年的习俗，这顿年三十的早饭，要么吃饺子，要么吃面条。按照风俗习惯，我们昨晚在厨房里已经包好了饺子。我丈夫剁好肉馅，婆婆和面擀面，茶杯切面皮，我与丈夫还有大侄女围着小桌子包饺子，暖暖的小桌下烧着无烟炭火，零下几摄氏度的厨房很快暖和起来，不知不觉中，一千多个饺子堆满了筛子与案板，多得移进冰箱；若是吃面条，锅里还得倒入鸡肉或猪肉，这些肉类都是提前一天炖好，专门为过年这天的早餐准备的。

辞旧迎新这天的年饭，即便是早上，也绝对不能马虎省掉，否则，按习俗的说法，整整一年都无法称心满意。所以，每个家庭在吃年三十早餐时，通常都会两手准备。

我家里人多嘴杂，胃口都刁。十张嘴，有的喊饺子有的喊面条。婆婆一听，便去了另一个厨房，开了煤气灶，又烧上一锅水。很快，一锅饺子与一锅面条便端了出来。闻着面条锅里飘来的香味，嚷着吃饺子的孩子们有时也会临时改变主意。结果一顿早饭，往往变成了"交叉混吃"，好在因为过年，人人脸上都带着笑容，在打趣笑闹中，呼呼地吃完早饭，便各自忙活自己的。

小一点的孩子们自己在一边玩，大一点的孩子们，帮我楼上楼下地打扫卫生、拖地板、擦拭桌椅凳子。用长长的竹把子，把各个房间及楼面旮旯的灰尘、蜘蛛网等清扫下来，以清扫走旧年的晦气。

成年的男人们，必须在吃大年饭之前，贴好所有的对联，包括中堂画门神画等。从大家到小家，从新屋到老屋，从街市上到村湾，一扇窗一扇门，不能漏掉一个地方，包括鸡鸭猪圈。红通通的对联，增添了过年的气氛。一条条对联，一幅幅窗花，一个个大红福字，裁剪整齐，大门的不能扯到客厅，左边的不能扯到右边，所以在识分对联这方面，男人们要比女人们懂得太多。

厨房里，做大年饭的主力军，是婆婆与弟媳。剁、切、烧、炒、炖、凉拌，从素菜到荤菜，一般人家，大大小小都要整满一桌子，所谓"满汉全席"是也。小时候日子穷，很少吃到好的。现如今，真是今非昔比，鸡鸭鹅鱼牛羊猪，一个不差，想吃啥都成，只要超市有卖的，只要家人想吃，在过年这一天，没有吃不到嘴里的。家人们要喝的酒水要喝的饮料，在这一天，也全都摆放在桌面上。

除了这些饮食美味外，最重要的是还要焖上一大锅过年米饭，因为习俗规定，年后三天要吃剩饭，不能煮新鲜的米饭，这点跟吃年鱼一样，意味着年年有（鱼）余。在做鱼这一点，过年时倒是有点小讲究，一定要大条，一定要家里的人吃不完，还一定不能用草鱼——所谓"草"便是"吵"，意味着吃了草鱼会吵一年的嘴。

整个上午过去，大年饭准备得差不多了，主妇就站在院子里喊一声："可以烧香放炮了。"若男人们的对联还没有贴好，主妇通常会笑骂一声："真磨叽，年饭都弄好了，你们还没有贴好。"

这个时候，家里的男人们紧赶慢赶完成手上的活儿，在祖宗昭穆神位前，摆上小碗饭菜，上香、烧纸、叩头，祷告一番，家中男丁们无论大小，都要跪下叩头。这时候，我们女人包括女孩子，都要躲在一边。直到门外响起了"噼噼啪啪"的鞭炮声，我们才敢进出厅堂。

过年这一天，若哪家的鞭炮响起，我们就知道他们家开始吃大年饭了，有的人家动作慢，把一顿大年饭从上午整到下午，直到傍晚才吃上。

吃年饭的饭桌上，倒不似以前那么讲究。未待爷爷奶奶坐上去，孩子们倒可以率先围坐起来，看着满满的一桌子菜，啃鸡腿的啃鸡腿，吃猪蹄的吃猪蹄，大家喝酒碰杯都随意。看看儿孙满堂围在一起，是老人家最高兴的时候，免不了总结一下家中一年内发生的大事乐事。我们边吃边感谢父母养大了儿女还带大了孙辈，父母听了这样的话，自然也骄傲了一阵。

年饭，要吃慢吃好。一家人边吃边聊，吃得红光满面方才罢休。去年吃年饭时分，我与弟媳把婆婆灌醉了，小叔子与我丈夫兄弟俩也喝醉了，他们整整睡了一个下午。我公公没有喝醉，才放下饭碗，便去了老湾找人打牌。我与弟媳收拾好碗筷，清理了所有垃圾，便带着孩子们洗澡洗头——这些事项，也都是过年的一部分。人人都要洗澡洗头，意味着辞旧迎新，来年从头到尾做个干干净净的"新"人。

夜幕很快降临，许多人家开始放烟花，那些五彩缤纷的烟花，带着尖锐的呼啸升了起来，冲得越来越高，空中赤橙黄绿青蓝紫一片，瞬间爆炸成各种花样，是那么绚丽多彩，火光照亮了天空。

大年夜的人家，家家都灯火通明。这一晚，楼上楼下，不管有人没人，电灯一整晚都不能关掉。随便走到左邻右舍，都会遇见一盆炭火，烧得极旺。桌子上堆满了水果、瓜子、花生等，电视里面载歌载舞。孩子们通常熬不到深夜，提着红红的小灯笼乱窜一阵子，接过长辈的压岁钱，就赶紧睡下了。而守年夜看春晚的家长，坐得越晚越好，只等零点一到，迎接新年的鞭炮又开始不断地响起来，一阵紧着一阵，炸得人头皮子发麻，耳膜嗡嗡地响。

很快，远远近近的鞭炮便接住了，一响就到了天明，新年就来了。

舞狮子踩高跷

中国人过年，是以月为单位的，一直闹到正月底二月初才算结束。从新春大年初一开始，天方拂晓，爆竹连连，大人小孩子换上新衣服，开始串门子拜年。不过，这两年过年时，很少碰上下雪，总感觉少点了气氛。

初一这天，主要是去左邻右舍同村人那里走动拜年。在我们那里还有个风俗：若是哪一家在去年办有丧事，拜年的人就得夹上一把冥纸，先去新丧家，这叫"烧新年"敬死者，以悼念才去世的人。去年我们家大伯死了，来拜新年的人，都先到大伯的大儿子家里烧上一把纸，送一些份子钱，吃了一顿午饭后，大家才各自散去，走向另一家。

到每一家拜年，主人家都会递上烟茶、糖果、橘子，有的见小孩子上门，还会递上巧克力等平时少见的零食。更有大方的人家，上来就给一大根甘蔗，让你跨年就见甜，一年甜个不停。

初二主要去自家同姓同宗人那里。我们的老杨家同宗，在十多里的地方，开车来回走动，坐下吃一顿饭打一圈牌，一天的时间就过去了。

按照我们那里的风俗，没到初三是不能去娘家的。所以一般说来，到了初三，我们才开始给娘家那边的各位亲戚拜年。

整个正月，大家都在串门子走亲戚中度过，每一家吃来吃去相互拜年，这中间还包括临时的同学聚会、故人聚会、回请宴等。年轻人要外出工作，大部分都会在初八前离家，倒是在家的老人们走动得多，过了狮子会、元宵节还会你来我往。

说到狮子会，一般也就是初八过后。本村同宗的亲戚相互拜年轮流走了一圈后，紧张欢快的日子开始松懈下来，艺术表演的团队就会过来，挨村或者临街拜年讨要喜庆红包。在我们那里，这些艺术表演团队，有舞狮子、踩高跷、舞龙、说快书……总之五花八门。

记得今年初八在家，我们一家人正围坐在桌子边打牌。每个人的手边，都堆着糖果、橘子、瓜子、花生，不时甩下一张牌，再往嘴里塞一颗糖果。

这几年天气不算冷，但是因为过年的缘故，桌子下面的无烟炭火还是烧得很旺，屋子里暖烘烘的。

"快出牌，快出，老张，你真能弄。"我丈夫不耐烦地催我，作为对家，他的技术甩我几条街，小叔子与他妻子是对家。

门外的街道隐隐传来锣鼓声，正在这时，云辉与她弟弟推开半掩着的门，冲我们大喊大叫道："快出来看！快出来看！踩高跷与舞狮子的来了！"

她的声音很高，充满了兴奋与喜悦，也不怪这些孩子，平日里没什么新鲜刺激的娱乐节目，逮住了一年一次的踩高跷、舞狮子，没有发疯就已经不错了。不过，话说回来，不管是踩高跷的还是舞狮子的，在春上与下秋，我们那里各地赶庙会都有，只不过那时小孩子们通常在上学，所以难得一见，除非碰上了周末，庙会没有散，小孩子们追着赶场，有时还是能一饱眼福的。

舞狮子我相信很多人看过，逢佳节或者庆典，天气尚好，舞狮子的就会出来。若是有主家相请，价钱自是翻倍，若是自发挨家挨户而来，则是酬劳不定，视各家主人的心情。现在的生活好了，每家给个十元八元的红包，街坊邻居多，舞狮子的蜻蜓点水一般，一天下来能转好多家，收入自是不菲。

回想起我们小时候，每年过春节，都有舞狮子或扭秧歌的过来，我父母自是发愁，往往给了半碗米作为酬谢。那时候，舞狮子或扭秧歌的多半是外地人，他们表演并不是以娱乐休闲为主，因为衣着道具都是破破烂烂的，说白了，也就是为乞讨而来。有时还有一两个说快板的人在其中，舞狮子的一停，说快板的人紧接着就敲打着快板，一张嘴光拣好听的话说，说得天花乱坠，有时会说得上气不接下气。

现在倒好，说快板的可以踩着高跷来说。

不管是踩高跷还是舞狮子，这两种民间艺术表演，其实不是同一个类型的节目。但如果是同一个戏班子组合的，逢年过节出来时往往混搭着一起出来表演，既丰富了节日的娱乐，又为自己带来了收益，一举两得呢。

"铛铛铛，咚咚咚"，锣鼓声越来越近，我扔下手中的牌，拉开了半掩的门，打算一饱眼福。

舞狮子的两个男人到了隔壁，正在翘着头做俏皮相，不时抖着毛发，金黄色的狮毛在阳光下看起来很是喜庆。他们不时在地上打着滚，舞头的人卖力些，步子很大，不时高高地举着头左摇右晃，相对来说，举着尾部的人步子转动会慢一些，步伐要小点。

他们踩着鼓点，不时摆动着身子。隔壁的人家存心想让他们多玩一会儿，手里拿着红包与香烟迟迟不发下去，舞狮子的人更加卖力。由于街道两旁的水泥路面不太好，踩高跷的三个人只站在街心来回小圈子扭动，她们都化了妆，穿着红红绿绿的棉衣服，手上套的袖子很长，不过也很容易看得出来是女人，还有一个是小孩子，她们手拿着快板，踩着的高跷高低不同，一个女人翘着兰花指甩着水袖，唱着《白蛇传》里面的一段。

"咿咿呀呀"的腔调与怪异的装扮，惹得孩子们很高兴，都围在一起看踩高跷的人。舞狮子的人一接过红包，锣鼓便没有敲下去，他们往我家的门前移动了一些，而踩高跷的人却还在原地踏步走，我婆婆有些不高兴，对舞狮子的人说道："让她们往我家门前移一些。"

总有 炮仗 在心头

大过年的，谁都想门前热闹，我公公还特意放了十来个炮来接应他们。踩高跷的几个人这才往我们家门口移走几步。

伴随着锣鼓的响声，舞狮子的人扭了几圈，我婆婆赶紧给了他们红包。她手里还捏着三个红包不肯给舞狮子的人，她看着踩高跷的几个人有说有笑做着小丑的动作，舞狮子的人停下锣鼓，对着她们打着手势，指着我婆婆，她们的唱词突然一改：

> 这位大姐你真福
> 左有儿子右有女
> 孙子成群跟前跑
> 财源广进从不少
> 我们唱，我们跳
> 过年为你喜星招

周围的人全都哈哈大笑，我婆婆也笑了，她赶紧把三个红包递了过去。"铛"的一声，他们又往下一家走去。

由于狮子为百兽之尊，形象雄伟俊武，古人把它当作勇敢和力量的象征，认为它能驱邪镇妖、保佑人畜平安。因此人们逐渐形成了在春节及其他重大活动里舞狮子的习俗，以祈望生活吉祥如意，事事平安，所以家家户户都很高兴狮子过来。

这些欢乐轻快的场面，是我多少年没有碰到过的，我相信，如果我再待几天，没准，舞龙的一班人马也过来了。舞龙那场面才是真正的壮观，十几个人举着一条龙，舞得风生水起、空气震荡。

不管是舞狮子、舞龙，还是踩高跷，这些民间艺术，随着时间流逝，越来越少地出现在我眼前了。

  这几年，随着生活水平的提高，各地重视起了文化娱乐。在新春时节，这些民间艺术又出现在人们的眼前。有的是单位组织免费娱乐表演，有的依然是外村来的，为了讨要一个喜庆的兆头，人们便给些红包欢欢喜喜地打发了。

余生悲凉

在打工的异乡，以回望的镜头聚焦我生活过的乡村，我不禁热泪盈眶。我的父老乡亲，住着崭新的楼房，用着与时俱进的老年手机，守在庞大而空荡的乡村，度过寂寞苍凉的老年。这些空巢老人，没有儿女的陪伴关爱，是那么孤单而又寂寞；这些空巢老人，有谁能在他们晚年时伸手相扶、在他们病榻前端水送饭？

我常常想，在这片广袤的土地上，这些空巢老人（或留守儿童），他们的存在对这个物质生活日益丰富的时代而言，意味着什么？

一

2018 年 5 月 14 日，下午四点多钟，我正在办公室里清理单据，一个来自北京的陌生电话打到我手机上，我犹豫了一下，还是按下绿键，对方张嘴就喊："小姨，小姨，我姥爷摔得很严重，你知道不？他不肯去医院。"

"怎么回事？"我一急就冒冷汗，手发抖，也忘了质疑怎么没人叫 120，脑袋"轰"的一声炸开了，有那么一瞬间站立不稳。生活是个杂草堆，我们永远无法知道，下一秒踩上的是什么。

我听得出来，电话是我大姐的女儿春霞打过来的，她的声音急切焦灼，恨不得把所有有关我父亲摔倒的信息都一股脑儿塞给我。在她结结巴巴的叙述中，我了解到：我父亲骑三轮车从大姐家回来，途经周家路口下坡时摔倒，当场摔在公路中间，七窍流血，晕死过去了。很严重，怕是不行了。万幸的是坐在三轮车后面的母亲摔在路边的泥田里，正好有一堆枯枝烂草接住了她，所以只受了点皮外伤。要不然，一个家里会出现两位重伤者，对此我们更是连想都不敢想。

母亲有高血压，不时会头疼头晕眼花，更何况从三轮车上像抛物线一样摔了下来。她鼻青脸肿，费了半天劲才爬了起来，和一位好心的过路人一起，把我父亲连拖带抱地移到路边阴凉处。此时是下午两点半左右，太阳明晃晃地照着，蝉鸣蛙鸣也在耳边聒噪不息。在母亲的声声呼唤中，过了好久，父亲才慢慢地有了点意识，但他全身的骨头疼，血从眼睛、鼻孔、耳朵往外冒着。他无法坐立或站起，如同散了架一般。

接到电话赶过去的大姐夫李万能请了一辆两排座位的小货车，说准备把父亲就近送往潘新乡医院，但父亲坚决不肯，奄奄一息地说："不要去……不要去……没事，睡一觉就好了。"我有些奇怪母亲为什么没有联系住得近的二姐，但这个念头一闪就过去了。

真是活见鬼，母亲及李万能居然听从了父亲的话，还把父亲抬上车运回家。十多里的路途，我不知道受伤的父亲是如何忍受这一路颠簸的，好在水泥路一直铺到家门口。

我被春霞所描述的情况彻底击蒙了，眼泪一下子涌出了眼眶，我觉得天塌了下来。我明白父亲受了很致命的内伤。我从来没想过意外会突然降临，我那受了一辈子苦难的父亲，为什么如此命运多舛？

父亲出生于 1946 年，姑妈出生于 1942 年。这对可怜的孤儿，他们相依为命，一起挨饿受冻地长大了。年幼的姑妈为了更好地照顾弟弟，十四岁那年到一户陈姓人家当了"童养媳"。她时不时偷些吃的给父亲，被婆婆发现后，就是一顿打骂，姑妈不敢还手，姐弟俩经常偷偷地抱头痛哭。

他们这一代人，过去经历了很多。随着改革开放，随着分田到户，日子慢慢有了起色，一步步地好转。然而这些老百姓，一年到头，耕田种地，也仅仅停留在解决温饱的层次上，想脱掉贫困的帽子盖起楼房，那就需要背井离乡去打工，到发达的城市去。

于是，北上广成为大家的首选目标，在亲戚朋友的带领下，一个接一个的年轻打工者奔向远方。

这些老百姓吃苦耐劳，给他们一点雨水，哪怕再恶劣的环境，他们都能够生存下来，能够紧紧地抓住一丁点机会，在当地开花结果。

1994 年前后，我哥嫂率先跟着老乡去秦皇岛打工。他们很能干，主要卖油条、稀饭、包子、豆浆。每天凌晨两点左右起床，熬豆浆、煮稀饭、蒸包子，即便在零下二十多摄氏度的冬天也是如此，风雨无阻。

那时候，在秦皇岛生意还比较好做。做小生意的摊位并不饱和，虽然最初的治安环境比较差，不时有流氓地痞过来干扰，收保护费什么的，但相比留在家乡而言，哥嫂还是赚得比较多。所以，他们还是坚持了下来，也逐渐有了自己的人脉资源。

后来，哥嫂看准时机，让留守在家的父母亲带着 9 岁的二侄女芳芳与三岁的三侄女去秦皇岛，两个孩子在那边上学，父母也摆了一个摊位，主要卖烧烤。父母的摊位离哥嫂的摊位有半里远的路途，那里还有老乡在开小超市。

父母做生意很实在，为了让烧烤的味道更鲜美，他们总是当天凌晨去菜市场，购来新鲜的小鱼与其他肉类和蔬菜。回家后刨鱼、剖鱼、片鱼、洗肉。这样的劳作在春夏没什么，但是秦皇岛的冬天很冷，即便他们戴着手套干活也无济于事，很快双手就冻僵红肿。他们的手上长满了冻疮，这些冻疮一层接着一层，像发酵的馒头，痒得钻心。这些冻疮，在他们后来回到河南的几年里，才慢慢地好转恢复。

每天夜晚，顶着凛冽的寒风和冰雪，我的父母戴着白口罩，穿着白净的大褂，戴上一次性手套再套上棉手套，不停地在炭火炉上翻烤食物，再撒上五香粉，涂食用油。寒冷的风，阻挡不了喷香的热气。客人来了一群又一群，近邻带着远朋，他们时不时地夸奖赞叹老两口的摊位干净整洁，于是父母的生意慢慢地有了起色，他们的笑声也多了起来。

然而，命运总在跟父亲开玩笑。

2006年的春天来临。那时万物复苏，大地芬芳，一切都显得生机勃勃，可我的父亲这时候却开始咳血。最开始他舍不得去医院，怕花钱，一天拖一天，也让母亲帮着一起隐瞒。父亲的这种心情我完全理解——贫困人家，在家庭经济刚刚有点起色时，或许会因为一场病，重新回到经济拮据的境地。那时的农村人，一旦得病，总是拖着，直到小病拖成大病，大病拖成绝症，最后的结果往往是一些老人会选择自杀。

没有经历过贫穷的人，不会理解，当病痛来临时，这些农村老人的选择。

有一天，父亲吐血吐得很厉害，刚好我大侄女过去玩，父亲没有忍住，一口血喷了出来，被我侄女发现了，她打电话哭着把一切都告诉了我们。作为留守儿童，她是我父母一手带大的，学习不好，初中没有读完就辍学了，后来也来到秦皇岛帮着我哥嫂卖早餐。

父亲的肺里长了个大肿瘤，为此他回到老家市里做了一系列检查，虽然肿瘤最终确定为良性，但一场手术让他吃尽了苦头——敲断了一根胸肋骨才完成的。从那以后，父亲的身体有了隐疾，除了不能干重活提重东西外，每逢寒冷的天气，胸口就隐隐作痛。他总是不停地咳嗽、哮喘。

现在，父亲又摔伤了，这对他的身体来说，简直是雪上加霜。对于没有经济收入的老人来说，靠子女给钱看病维持日常的生活同样是雪上加霜。这个靠着自己的努力读完小学又当过几年小学教师的年迈老人，有着可怜的固执与自尊。他怕花子女的钱，更不敢开口向哥嫂要钱，这就是他死也不肯去医院的原因。

<h2 style="text-align:center">二</h2>

"妈，我爸去医院没有？"拨通母亲的电话，我直奔主题。

"他不肯去……鼻子耳朵流血，嘴里还在吐血……怕是活不过今晚了……他说等他咽了气，挖个坑埋掉就行了……"母亲在电话那头边哭边说。

七十多岁的老人，我无法埋怨她做事没有主见，不果断不干脆。

　　我在深圳这边心如刀绞，眼泪止不住地往下流，但我知道现在不是哭的时候。我知道，老父亲此刻命悬一线，气息微弱，一只脚正踩在死亡的门槛上，另一只脚还在尘世边缘徘徊。

　　钟表"嘀嗒嘀嗒"的声音在我耳边响个不停，分分秒秒压迫得我喘不过气来。我不能细问什么，越耽误下去，父亲就越危险。

　　"你让李万能接电话。"我直接叫大姐夫的名字，是的，没错，我直呼其名。仿佛，我们一直都有来往似的；仿佛，我们互不理睬的十多年光阴，一下子就不复存在了，像流水一样，流过了就了无痕迹一般。

　　"喂，艳丽呀！"电话里，他的声音沙哑，充满了疲惫，仿佛是一个沧桑的老人。

　　"你怎么还不把爸爸送进医院？这样磨磨叽叽的，再拖下去会要了他的命。"我上来就直接吼他，声音里带着哭腔。

　　"他说他不去，去了也没有用。"电话另一头，李万能嗫嚅着，瓮声瓮气地说道。后来我才想起一个词：中气不足。

　　千里之外的我心急如焚，那一刻要是他在我身边，我指不定会一巴掌搧过去："当初你找情妇打老婆的机灵劲儿去哪里了？这会儿你束手无策？父亲说不去你就不送？"

　　那时候，我很想再骂他一句"你是死人吗"，但一想到老父亲正半死不活地躺在血泊里，我这样骂岂不是对父亲不吉利？我和着泪水，硬生生地把这句话咽了下去。

　　我气急败坏地冲他嚷道："李万能，爸爸摔坏了脑袋，你的脑袋也摔坏了？他说不去，你不会抱他上去？你们不会把他抬上车？让我教你？你再拖时间，爸爸要是有个三长两短，咱俩没完！你赶紧把他送到县医院去！"

　　我明白父亲摔得相当严重，医疗条件不好的乡医院肯定不能去了。

　　李万能的反应这般迟钝，那一刻，我对他的厌恶感又加深了许多，同时，我急得像热锅上的蚂蚁：父亲命悬一线，他还这般不急不躁，究竟安的是什么心。

　　"我……我……我没钱。"李万能的声音像蚊子一样，听起来像是从喉咙里挤出来的。也许，他是憋红了脸才把这句话说出来的。

　　我想象着他的穷困，想象着他的潦倒，唯独没有想到他竟然连个急救的钱也没有。本来父亲摔伤的地方，离乡医院并不远，顶多有四五里地，我还一直纳闷他怎么背道而驰，把父亲送回了家。只是当时的我，没顾上深究细想。

　　事后母亲告诉我，他是真的没有钱，生活得很窘迫，欠的债还没有还完。那两天，他趁着天气好，请了插秧机，正在加班加点地插秧。这个五十多岁的男人，几年前就捡起了村前村后别人弃置的田地，全部种上小麦水稻，又承包了两口水塘养鱼，梦想着能够再次翻身，还掉以前养情妇与赌博的亏空。

　　大姐和大姐夫之间的婚变故事，其实远比小说精彩、狗血。

　　1986 年，我大姐张容嫁给了李万能，那一年她才二十一岁，一对又粗又长的黑辫子拖在脑后。在我眼里，她长得很像电影演员潘虹，端庄漂亮。那时的李万能，年轻能干，虽然个子矮小，其貌不扬，但是他凭着好政策，凭着自己的聪明与大胆，把乡里的十三口大坝全部承包过来，一年四季都有大鱼起网出售。带着鱼腥味的人民币，就这样"哗哗"地流进他的腰包。

　　把闺女嫁给富裕的人家，是多少父母简单朴实的心愿。在媒人踏破了门槛时，大姐终于含泪出嫁。

婚后十五六年里，大姐过着光鲜亮丽的生活，她打扮时尚，还一口气生了一女两儿。

男人有钱就变坏，这话真是亘古不变的"真理"。

人到中年的李万能，不甘于婚姻的平淡，再加上口袋里也有了几个钱，他开始参与前后村庄的赌博，并且还赶场子。而他结交的狐朋狗友又多，其中不乏流氓地痞，赌注下得比较大，一晚上的输赢就是上万元。就这样，他一步步滑下赌博的深渊，越赌越大。头几年他的手气还不错，到我家来，经常穿着小黑西装，头发偏分，梳得油光发亮，骑在摩托车上，呼的一声来去无影无踪。他有钱的时候对我父母很大方，逢年过节就给钱送猪肉送大鱼。

由于经常去前后村赌博，他结识了后村一个居家带孩子的留守少妇，一来二去，两人便好上了。这一年，他的大女儿春霞才十五岁。头两年，他还遮遮掩掩。后来，遮掩不下去了，索性与大姐撕破脸皮，两口子三天两头吵嘴打架，他揍起我大姐来毫不手软。再后来，他直接夜不归宿了。那个少妇为了笼络他的心，说要和丈夫离婚。于是，他的大部分收入都花在了情妇身上，自家的几个孩子却不闻不问。

性格要强的春霞，一气之下，跑到深圳我所在的工厂来了。由我这个老职员担保，成为一名"童工"。只要一提起她家的事，她就恨得咬牙切齿，大骂李万能："这个狗杂种，老不要脸的。"仿佛，她骂的是外人而不是她的父亲。

从来都只有新人笑，有谁听到旧人哭。大姐哭了一次又一次后，孤身一人回到了娘家。为了养活自己，她也来到深圳投奔我，在我们邻厂当了一名后勤工。走在一群女工中，她显得鹤立鸡群，描眉画红，衣着得体。只是她过惯了以往悠闲的日子，受不了在工厂天天按时上下班的生活，不到半年时间她就闹着要回去。我曾劝她离婚，放过自己也放过对方。她张嘴就说："不离婚，拖死他算了，反正我也快四十岁了，不打算再结婚。"

她离开深圳回去后，春霞坐在我的床头哭了："都怪李万能这个王八蛋，让我一家人四分五裂，害得我妈没好日子过。"她哭得很厉害。我揽过她的肩，被她的哭声所感染，一边为她擦眼泪一边自己也掉眼泪。

那时的李万能，在我们那里方圆几十里，多么有钱，多么意气风发呀，情妇说要吃一顿好的，他就可以带着她骑着大号摩托车风驰电掣地穿越乡镇，奔向 50 公里外的县城打牙祭。

十多年后的现在，当我亲耳听到曾经财大气粗的李万能说没钱时，那一瞬间，我的心中五味杂陈。

我稳住自己的心情，急忙对他说："你赶紧把爸爸送到县医院去，越快越好，我让二姐现在送钱过去。"

我二姐张云与二姐夫李兵，还有大姐夫他们，与我父母虽属于同一个乡，却不在同一个镇。这三家位置如果画成一边长两边相同的三角形，二姐家在顶尖的角度上，大姐家在中间。二姐家距离父母家有十五六里地，大姐家距离父母家有三十里地吧，两个姐姐家之间的距离也有十来里。

二姐两口子之前曾在浙江那边短暂地打过工，但他们受不了朝八晚八固定的时间要求。于是，他们凭着灵活的头脑，二十多年来一直坚守在家乡，赶闹集贩卖各种水产或家禽，与同行进行一波又一波的价格战，最终成功地积累了稳定的客源货源。

从表面上看，二姐家算是发达了。她在农村盖了楼房，还为在珠海工作的儿子买了两套房，听说第一套是全款。

逢年过节在母亲家碰面时，二姐总像一个暴发户，与周围的环境格格不入，夸张一点说，金子从头"武装"到牙齿，晃得我眼睛都睁不开。只是，厚厚的脂粉也无法遮掩她脸上那风吹日晒的痕迹：疙疙瘩瘩，肤色黝黑。常年在外奔波，紫外线对她的皮肤伤害很大，虽然她只大我两岁，但我们站在一起的时候，她看上去要大我七八岁。无论多昂贵的衣服穿在她的身上，都显得不伦不类，如同一句话所言："乞丐穿上龙袍也不像皇帝。"

二姐并不知道父亲摔伤了，电话一接通后，听我说父亲摔得很严重，她也显得很着急。

"肯定要交押金，你得带上三四千块，我微信里有三千，我先转给你两千，我等会儿还得买高铁票，我明天下午就能到县城，见面再说。你明天白天就不要支摊了，守好咱爸，咱妈有高血压，不能熬夜。"

"不出摊怎么行？摊位会被别人抢去的。"她坐在车上，叽里呱啦地拒绝了我的说法。

"不是还有李兵吗？"我有些不悦。她两口子在镇上支两个摊位收活物，少一个摊位怕什么呢，顶多这一天少收入一千元，可父亲的命重要呀！

"那不行，他身体不好，抬活物上车，然后开车到信阳市，都不是一个人能完成的。"她说得斩钉截铁，似乎没有商量的余地。

我在深圳这边又气又急，提高了嗓门："你是不是让我飞回去？可是咱那儿没有飞机场哪。你难不成要把咱爸一个人扔在那里？想让咱妈老太婆一个人守着？你还是不是人？"

"你赶紧给咱哥打电话，让他马上买车票回来。"二姐也生气了，坚持说，"他要是不回来，我也不管了，让他快点回。"

2006年父亲肺部动手术时，二姐与二姐夫也只是匆匆来看望过父亲两次，饭都顾不得吃一口，就急急忙忙跑回去做生意。那时我大姐与大姐夫正在闹离婚，家里正是鸡飞狗跳之时，她无暇看望护理父亲。结果照顾老父亲的事，就落到了我跟哥哥头上，厂里假期有限，我待了十天后回到广东。哥哥后来一直在电话里抱怨生气，说他的摊位被人抢了。再后来，哥哥竟然让我六十多岁的老姑妈与我母亲一起，照顾生病的父亲。

看来这次，我们又面临着同样的问题。想起这些事情，我就头大。

身为子女，我们在孝道与现实之间摇摆，一旦出现可能的转机，就会把父母往兄弟姊妹那里推。我恨这样的生活，我恨自己分身乏术，可是我却无力改变。

十二年的光阴过去了，我们的生活看似变好了，一个个人模狗样的。可是日渐苍老的父母，还是像皮球一样，被我们踢来扔去。大家在照顾双亲的问题上互相推诿指责，都拉着脸极不情愿地请假、休工。

挂断二姐的电话后，我拨打哥嫂的电话，他们的手机却一直处于关机的状态。下午正是他们休息的时间。这些年，他们还在秦皇岛卖早餐。大侄女玉儿已经出嫁了，把家安在秦皇岛，离我哥嫂只有两小时的车程。

我在亲人群里给哥哥留了言后，便开始请假找人代班，然后订了一张第二天上午的高铁票。我们正在还房贷车贷，我丈夫不能一同回去，否则下个月我们家会入不敷出。

很悲摧的是，在清点钱财的时候，我发现我与丈夫手上共有八千元，我感到脊背一阵发凉。我不是担心钱不够用，而是想到打工二十年，我们所有的积蓄才八千元，我心底里有种说不出来的悲凉。为了楼房汽车，为了我们自身的欲望，我们跟着时代的脚步，走得跟跟跄跄，如履薄冰。

生活的大山依旧压在我们身上。

1998年，我们把幼儿交给公婆抚养，跟着老乡南下深圳。为了早日离开山沟，为了家里早日盖上楼房，那时的我，一天打三份工。省吃俭用了几年，我们家终于可以盖楼房了，可父亲却病倒了，要做手术。婆婆怕我把盖房子的钱拿出来给父亲看病，说了一堆难听的指桑骂槐的话。

每一个子女都有每一个子女的理由与难处，也都有自私的想法。哥嫂虽有钱，但他们希望姊妹几个分摊，最后，我与二姐各出四千元，大姐为难，也给了两千元，其余的部分由哥嫂出。后来我听母亲说，许多亲人到医院来看望父亲，给的钱大都被哥哥装进了自己腰包。

这几年，我儿子上大学、结婚，婚房、婚车、聘礼……离开了金钱我们寸步难行，就这样一点一点地掏空了自己的积蓄。作为一个留守儿童，儿子跟我们很是生疏冷漠，我曾努力地培养亲情，最后也是打落门牙和血吞——除了要钱外，他一年四季从来不问候我们一声。

埋怨我们当初把他留在乡村，比起别人，我儿子对我们只是无礼与冷漠，我只能庆幸，他好歹大学毕业了，没有成为社会的渣滓败类。

儿子在我们信阳市上班，离家近，头几年每个月收入三千元不包吃住，直到今年六月份，他的工资涨到了六千元，我们总算松了一口气，儿媳是拿提成的绘图设计工，工资有时多有时少。

年轻一代的生活理念，与我们这一代人大不相同。他们有自己的朋友圈子，用时兴的手机电脑玩游戏，养猫养狗，虽是"月光族"，却过着"败家子"一样的生活。在无形中，他们又成为"啃老一族"。

现在，上一代的空巢老人也都老了，家里的吃穿用度看病花销，都需要我们开支付出。我本来还有一个小叔子，可他们一家人也要还房贷供三个孩子上学，也是入不敷出，指望他们多管管公婆、补贴家用，根本就是痴人说梦。他两口子以前养猪，前年发猪瘟，亏损了几十万，为了还房贷，他们一气之下关了养猪场，把三个孩子留在老家给家公家婆带，也南下广东打工了。

生活，也许就是一条苦难的河流，万千苍生在其中沉浮，泅渡，挣扎。

夜里八点多钟，哥哥终于开机回了我的电话，他很生气："老头子肯定喝酒了，在谁家喝酒谁负责。"

"哥，你怎么又在说胡话，李万能一贫如洗了，欠了一屁股债，大姐又带着几个孙女脱不开身。你让他负责？他怎么负责？你把他活剥了？"

"我怎么离得了这里？我和面、端锅、熬粥、蹬三轮车，你嫂子一个人干不了。她在骂人，说不回了，回去几天，客源都跑光了。"

"你们都不管，我咋整？咱爸那么高大，我一个人搬不动。二姐刚说在去县医院的路上，他就昏迷不醒了，现在还在抢救中。"

"我想想，反正你嫂子说不想回。"

"你要是不回，二姐也说不管了。作为女儿，端屎擦尿我不怕，但是要到各诊室楼上楼下拍片子啥的，都是亲人自己转送的，医生护士都不管，我跟妈怎么办，妈还有病……"我在电话里跟他吵，"咱爸又不能动不能走，还在昏迷中，输液寸步不能离人。"

"我跟你嫂子商量商量。"他挂了我的电话。

我又气又急，给大侄女和二侄女分别打了一通电话，让她们劝我哥嫂赶紧回来。两个侄女都不约而同地答应了，而且每人转了一千元给我，让我带回家给奶奶。这两个留守儿童，都是我父母一把屎一把尿地养大的，跟老两口感情深厚。

晚上十点多钟，二姐的电话又来了："咱爸还在抢救。你赶紧跟咱哥说一下，医生说可能要进重症监护室，一个晚上最少收三五千，送不送？别到时拿钱又怪我们送进去的。"

"送，肯定要听医生的。"

我再次拨打哥哥的电话，依然关机。我一生气又拨通二姐的电话："医生要送就送，总不能不救咱爸呀，何况后面还有医保。"

"摔伤的，医保报不了多少。"

"先不管了，反正救活咱爸要紧，重症监护室又不是天天待。哥嫂后面要是不拿钱，咱找姑妈找舅舅，自然会有人让他给的，你莫担心，明天我就回去了。"我再次喂她一颗定心丸，告诉她我已经买好了高铁票。

午夜零点左右，姐姐说父亲被从急诊室里推了出来，不用进重症监护室了，不过父亲还是昏迷不醒。我小舅当时也在医院，他前几年把家搬到县城了，离医院不算远，坐滴滴车来去医院比较方便。小舅、李万能、二姐和母亲，几个人气喘吁吁地把父亲从一楼转到七楼。推着移动车，放在病床上或 CT 床上时，四个人扯着被角，用劲托着他的身子，轻轻地搬来搬去，不敢有丝毫的马虎，害怕在搬动过程中又给父亲带来第二次伤害。

诊断的结果是：头部骨折、胸部骨折、脑溢血外加其他的皮外伤。

"你爸不能动，莫碰他。小心走路，莫碰他的床，否则脑部伤情将加重。总之，要小心翼翼接触他。垫上尿不湿，屎尿任他在床上拉，反正千万不能碰他移他。特别是抬他的时候，更要小心。"医生把这话对我二姐说了又说，叮嘱了一次又一次，"三天内不要给他吃喝，记住，不吃东西不喝水。"

"医生说再晚送来一会儿，病人就没命了，你们太大意了。"护士说。一整晚她都在病房与休息室来回，一瓶接一瓶输液，并叮嘱我二姐看着输液："你今晚不能睡觉，每隔十分钟左右，拍打一下你爸的手，看他眼皮子动一下你就不用打了，让他有意识就行了。隔一会儿再拍一下，不能让你爸睡过去了。"

二姐自然照办，一整夜守着父亲，一夜都没有合眼。

三

白色的高铁列车像一个精灵，以310公里的时速，往前飞着。窗外的天气很好，早晨的阳光灿烂灼热，金丝线透过云层照耀下来，晃得人睁不开眼睛，天蓝得似一面绸缎，朵朵白云飘浮着、移动着，一会儿像马，一会儿像牛，千变万化，仿佛有人把天空当幕布，在上面变着魔术一样。

铁轨两边的山脉，青翠葱茏，起起伏伏的，像一条巨龙，一路绵延着。山上的松树、樟树、桉树、杉树、野百合、红杜鹃、竹类和一些不知名的灌木、树类、花草，在自然界里竞相勃发。沿途时不时出现的村庄，散卧在绿色的海洋中，白色的、灰色的，这些墙壁挨挨挤挤的，分外好看。路过一些城镇的时候，山与山之间的空隙里，房屋、厂房、大楼、立交桥或挤在一起，或由山块切割分布，一幢幢地耸立着，有的楼宇在中间拔地而起，显得高渺不可仰视。参差不齐的房舍，随意地在大地上矗立着，每一扇窗户的背后都有着不同的故事，不同的生活，每一天都在上演着。

时间过得真快呀，一转眼，改革开放四十年了，祖国大地发生了翻天覆地的变化，人民的生活水平也是芝麻开花节节高。当年时速60公里的火车，年年都能让返乡的我们挤掉一层皮，现在，高铁时代说来就来了，从南到北，一转眼就能到家。

这一切看起来都那么美好，离家乡越来越近，然而这时的我却没有半点喜悦，甚至有种悲伤的感觉。

铁道两旁的风景很美，可我没有心情欣赏。

微信群里，我还在跟哥哥争吵，跟他怄气，让他赶快买票从秦皇岛回来。这个时候他还在犹豫迟疑，几个亲人也在群里跟着一起说他劝他：身为儿子，无论如何要回去一趟，钱是挣不完的。

按二姐说的情形，我一个人是无论如何也照顾不了父亲的，特别是做胸透时，需要把病人从七楼移到一楼，我一想就发愁。

中午，我在列车上接了一次玉儿的电话："小姑，我爸我妈还在吵嘴。没事的，我还在劝，我会让他们回去的。一个死抠，一个贼精，怕花钱。"玉儿学习不好，初中没读完就离开老家到了秦皇岛，帮着我哥嫂一起卖早点，非常勤快能干。

每次我哥嫂若在背后对父母不满抱怨，她会当场怼回去。没有出嫁的时候，偶尔还会偷钱拿给爷爷奶奶用，婚后，逢年过节也时不时给爷爷奶奶寄一些钱。

说实话，都说上梁不正下梁歪，可是这句话，在我哥嫂与几个侄女身上并没有得到体现，甚至截然相反。我哥哥奸诈，背着我嫂子吃喝赌博，由于我嫂子把钱管得紧，他时不时私下问大女婿舒畅要。舒畅怕玉儿责怪岳父，瞒着她也偷偷给岳父一些钱，但有时也会被玉儿一头撞见。

我努力地说服着哥哥必须回来，其实，理由不用我说他们也应该知道，医疗费要拿，重要的护理问题，很明显我一个人肯定不行。

母亲老了，有高血压，没有太多的精力照顾父亲，更何况父亲现在生死不明，她的心都碎了，万一再把她累倒了，岂不是雪上加霜？

指望李万能？他承包的水田正在插秧，中途停下来会让一家人喝西北风，更何况他还指望这些粮食成熟后将它们卖出以偿还债务；至于我大姐，就更不能提了，除了怀里有一个一岁左右的孙女外，她身边还有两个孙女，一个上学前班一个上小学。她家的儿子儿媳也跟我们一样，一对散落在广东打工，一对散落在北京搞建筑，都是最底层的打工者。

高铁列车飞驰着，许多人在车厢内昏昏欲睡，而我静音下的手机，随着信号的时有时无，也在不停地接信息、回信息，主要是与大侄女和二侄儿聊天，我们商量着怎么办。

下午五点多钟，我抵达了县人民医院。正赶上父亲要去一楼进入 CT 室，二姐、母亲，另外还有一个陌生的男人在帮忙，我急忙把提包塞给母亲，让她站在一边，自己上前。

空气中飘浮着消毒水的味道，这是医院特有的气息，虽然不好闻，但现在只能习惯这样的味道。就好比汽油味，虽然你不喜欢，但总有人认为是香的。

父亲躺在我的手边，我近距离地看着他。他躺在白色的被子上，上身没穿衣服，胸膛裸露在外，肋骨凸起。他的胸膛上还有不少没有擦净的血污，两只耳朵，耳窝、耳廓几乎都是血，有干涸的还有新鲜的，鼻翼两端也有血迹。父亲半张着嘴巴，牙缝上还沾有不少凝固了的血迹。他的表情扭曲，随着一声闷哼，一股浓浓的血腥味扑了出来，熏得我头痛，差点吐了出来。

我轻轻地握了握父亲瘦得像枯枝一样的手，他的手背上布满了老人斑。唉，时光的锈质最终还是一点点地爬上他的身体。他的手指动了动，我强忍着悲痛，将泪水硬生生地憋了回去。

我们把移动床推进 CT 室，按照医生的指示，先放下床的护栏，然后让移动床上父亲头部这边紧挨着 CT 台伸出来的下角。

我们需要把父亲轻轻地抬到 CT 台上拍片子。母亲把包放下，走到那个陌生男人所在的一边。这个男人轻轻托着一个被角，母亲托着另一角，我与二姐站在他们对面，一起托着父亲脚下的被子。我们四个人尽量同时同步，保持同一水平线的高度，托起父亲。

趁着医生给父亲检查的工夫，母亲介绍说给我们帮忙的是贺大叔。贺大叔的孙子与父亲住在同一个病房，他孙子出了车祸，他的儿子儿媳在北京打工，老伴守着老屋照顾家里的猪鸡狗，他则留在医院照顾孙子。

二姐站在我身边，脸色黝黑，双眼布满血丝，头发乱蓬蓬的。我刚想与她说话，她的手机就响了，一声紧着一声，她看了一眼挂掉来电，而对方较劲似的，挂了又打回来，她又挂掉，扭头对我说："李兵的电话，催我回去。"

三四个回合之后，二姐终于忍不住接了，不耐烦地吼道："你搞什么事？总是打，总是打，我晓得了，晓得了。"她说话声音很大，手机里的声音也不小，很明显是二姐夫在跟她争吵，让她赶快回去。

早上五点多钟时，天刚微微亮，二姐就打电话让小舅到医院来顶一下班，说自己守了一夜，衣服上全是血迹与汗渍，要回去换衣服洗漱一下再来。小舅信以为真，就急忙吃了点早餐，赶到医院，可是直等到中午一点多钟，近六十岁的小舅饿得前胸贴后背，也不见二姐回来。小舅这才反应过来，二姐是回乡下的集市贩卖鱼虾去了。他打电话把二姐狠批一顿后，又喊来同县城的三舅，让他看着我父亲的输液进度，这才下楼去吃饭。

下午两点多钟，二姐终于赶了过来，小舅与三舅这才离开了病房。

站在 CT 室门口，母亲忍不住跟我絮叨起这些。看着不停接电话挂电话的二姐，她直摇头："李兵真不是人，不来看你爸，还总是催着你姐回去。"

"女婿是外人，你莫说，你得好好骂你的女儿，少赚一天的钱都不乐意。"我对母亲说。她双眼红肿，说头疼。她昨晚也是一夜没睡着，父亲从急救室里出来后，她就跟大姐夫与包车司机一起回到乡下，家里没人她不放心。

我与母亲三个多月没有见面了，没想到再次见面时，我们竟会以如此匆忙的方式、如此悲伤的心情面对彼此。看着她满头的白发，我感觉时光过得真快。自十八岁高中毕业那年起，一转眼我在外打工已二十多年了，从故乡到异乡，再从异乡回到故乡，兜兜转转，到头来我依然是两手空空。

我们一起推着移动床，拐过楼角上电梯，把父亲送回七楼的病房，几个人又合力把父亲平移到床上，他依然皱着眉头，没有清醒。

我包还没有放稳，二姐就急急忙忙地把医院的收据和 X 光片子一股脑儿全部交代给我："我得回去了，再不回去，你姐夫就要放火把家烧了。这里面的押金收据什么的都在，其中有小舅交的三千一百元押金条子。咱哥回来后，你要让他还小舅的钱。我下午也交了医院两千块，你那两千块我给咱妈了。"

我刚张嘴想问得更详细些，她就说道："出租车在下面，我把咱妈带回去，明天她再来。"

她一转身，与母亲离开了医院。直到我一周后离开故乡回到广东，她与二姐夫都没再露过面。听母亲说，一个月后父亲出院，二姐他们才到家里去看望了父亲一趟。

父亲躺在病床上，洁白的枕头上血迹斑斑。薄薄的花睡衣叠放在枕头边，我抽出来一看，睡衣是新的，上面也沾了许多血。我望了一眼床下，没有看到洗衣粉，又不敢走远，只好把睡衣叠平整又放回枕边。

一大两小的输液瓶子，正吊在床边的栏杆上，透明的液体顺着父亲的手背不疾不徐地流进他的血管。他的胳膊又细又薄，白白的皮皱在一起。父亲的呼吸微弱，但偶尔的叹气声却很粗重，仿佛承受着极大痛苦一般，冷不丁会吓人一跳。医生再次拍片的结果，跟昨晚没有什么两样。一言以蔽之：父亲还在危险期，如果脑子里的瘀血不散，就要开颅做手术。

窗外，青山连绵起伏，树木葱茏，湖边垂柳的枝条轻轻地来回摆动，一些鸟儿啁啾着飞来飞去。夕阳下，棉花糖一样的云朵有着七彩的变幻，鸟鸣声不时传入耳膜，初夏的风从窗外涌了进来，徐徐凉爽……可惜，在父亲的病床前，这一切美好的景致丝毫引不起我的兴致。

　　我拉开父亲身边的抽屉，看到一盒湿纸巾与棉签。我抽出几张湿纸巾，拿到洗手间把它们弄得更湿一些，轻轻用它们为父亲擦去鼻梁上的血迹，又用打湿的棉签为他清理牙齿上的血痕。我不敢擦父亲的额头与耳朵，那里伤比较重，不能碰。

　　父亲半裸的胸膛很薄很薄，瘦得可怜，再也没有以往的厚实了。是的，他老了，而我也快退休了。想起小时候我生病时，他用宽厚的脊背背着我，踩积雪走山路带我看医生的情形，我感慨万千，为什么生活于他总是那么残忍。

　　是夜，晚上七点多钟，哥哥忽然在微信群里说他要回来。我知道在哥哥决定回来这件事上，三个侄女功不可没，在日后的电话中，她们也毫不避讳地提到这个问题，说哥哥嫂子为停工回去的事吵了一天架……

四

　　父亲所在的病房里，还有两个病号。靠门边 1 号床的病人，是 85 岁的周大爷。前来护理照顾他的是他的二女儿周大姐，她原来是教师，现已退休。

　　晚上的闲聊中，周大姐说她父亲得了阿尔茨海默症，头部摔伤，已经住院五天了，一直没有人来跟她换班。她在言谈中不停地抱怨着人在山东的大姐："一年到头只知道说给钱，我给钱，她来照顾试试？"这几天她累坏了。

　　周大姐还有一个弟弟，在苏州那边打工多年，到现在还没有回来，她也曾在电话里催促道："我都快熬死了，天天睡在病房里，你们想办法回来跟我换班呀。"

说起这些，我们都是一脸苦笑。真是家家都有一本难念的经啊。

2号病床上躺着一个年轻男孩，十六七岁的样子，是个留守儿童，他的父母常年在广州打工。他前几天被一辆汽车撞断了胸骨，即便是躺在床上，他还总是打着游戏。男孩的护理人是他爷爷，也就是下午帮忙把父亲送到一楼的贺大叔。当爷爷的自然管不了叛逆期的孙子，但时不时地也要唠叨几句，而孙子通常会吼回去。

在这个男孩身上，我看到了我儿子的许多影子。对这一代的留守儿童来说，父母仅仅是一个称呼而已。在他们成长的岁月中，因为缺乏父母的陪伴和健康的家庭之爱，他们中的大多数会变得自卑、胆怯，不擅长沟通，极易沉迷在游戏的世界中，严重者还会学坏、早恋、打架、逃课……这些，是有目共睹的问题。

十一点多钟，最后一瓶液输完了，护士说我可以休息了。我躺在折叠小床上，忽然听到父亲的鼾声，时而均匀，时而抑扬顿挫，我的心头漫过一阵欣喜，这鼾声来得太及时了，说明父亲的伤情慢慢地平稳了。

凌晨三点多钟，我在迷迷糊糊中，听到了"窸窸窣窣"的声音，像老鼠爬行似的。我睁开眼睛，借着窗外的光亮，赫然发现周大爷正在颤颤巍巍地倚着床栏站立在床边。

我急忙下了床，打开电灯："周大姐，你爸下床了，你爸下床了。"

醒来的周大姐惊慌失措地从折叠床上起身下地，冲着她的父亲吼道："你不能起床，你不能起床，你的头没有好。"她忘了她的父亲听不懂她的话，一边吼一边动手，想把老父亲弄上床去。

光着身子的周大爷，嘴里重复地说："我回家了，我回家了。"他并不清楚自己在干什么，腰间的尿不湿掉了下来，他"嘿嘿"地笑着，笑容是那么的纯洁无邪。

人的生命历程难道就是一场轮回吗？从婴儿时期开始，一步步走向年迈，这漫长的几十年光阴里，没有人预测到前方将会发生什么样的变故，最终，又不可避免地回到了婴儿的状态。

我常常想，我们这一代人，即出生在 20 世纪 60 年代或 70 年的人，尚且有几个兄弟姐妹，一旦家里老人生病住院，大家还有个商量或期盼；而出生在 80 年代或 90 年代的这两代人，独生子女居多，若父母需要他们的照顾，他们该如何是好？把父母送进养老院，似乎不是上策，孤独的老人，在情感上，也是需要来自亲人的抚慰的。

将来，等我们老了，在"4+2+1（或 2）"的模式下，我们的独生子女，该如何照顾四位老人呢？我一想到这个问题，内心便起了一个疙瘩。

我知道，没有人能够回答这个问题。

周大爷并不听他女儿的使唤，怎样都不肯上床，我赶紧过来抓住他的双腿，两个女人，面对一个扯着床边的钢制扶手、没有正常意识行为的高大病人，怎么也无法把他弄到床上去。我们刚掰开他的手，准备来抱他时，他又抓住了扶手。

"爸……爸……你还要不要我活呀？你还要不要我活呀？"周大姐忽然带着哭腔地问道，这个外表瘦弱的女人，终于在熬了几天后，第一次哭了出来。她感觉累极了，心烦，事后跟我说起这些时，她还有些不好意思，那时她的双眼布满了血丝。

这时，贺大叔也醒来了，见我们两个女人无法制服一个病人，赶紧走了过来，掰开周大爷的手，抬起他的屁股与腰，周大姐托头，我托腿，三个人一起用力，终于把周大爷抱上了床。

经过这番折腾，我们几个人又坐回各自的折叠床上，睡意全无。大家说起护理病人的难处，抱怨一些亲人不该这样不该那样，做事不自觉。一时间，太多的艰难堵塞在生活的甬道，然而我们不得不背负着它们，继续前进，在迷茫中又满怀着对明天的希望与期盼。

这时，我的父亲突然半抬起右手，嘴里咕哝道"尿……尿"，我赶紧抓起床底下的夜壶掀开被子递了进去，他努力地弓起膝盖，然而尴尬的事却出现了，只听得"扑哧"一声，我闻到了一股恶臭。我试着把父亲的被子完全掀开，可他却把小便壶递了过来，用双手按住被子，虽然他双眼紧闭眉头紧皱，但是我清楚，他知道我回来了。这个一辈子跟泥巴打交道的犟老头，此时此刻是多么的羞愧呀！哪怕是他的亲生女儿，他也不想让她触碰自己潜意识的尊严。

我知道这样下去不是办法。把夜壶清洗干净后，我就站在父亲的床边，抚摩着他青筋暴起的手，他的眼睛不时半睁一下又闭上，嘴角痉挛着。此时无声胜有声，我们之间用呼吸较量着，我轻轻地抚摸他的手企图说服他，双方的心理都在进行一场拉锯战，别说父亲难为情了，我又何尝不是如此呢？但想到1号床的周大爷与他的女儿，我又释然了。

好在我再次移开父亲的手时，他没有反抗。我掀开被子，褪下他的宽睡裤时，才发现他没穿内裤，只在腰上围垫了一块尿不湿，但是没有粘住，随着睡裤散开。这两天医生不让他吃喝，尿不湿是干的，他就拉了一点点尿。擦干净他的屁股后，我又用热水为他清洗了一下，给他垫上一块新的尿不湿。父亲太瘦了，两条腿瘦得像钓鱼竿一样，就连大腿我也能一把握住。为了不弄痛他，我憋了一身汗，一只手托着他的腰，另一只手一点点地轻轻把他的睡裤提起塞在他的腰下，连同尿不湿一起。

正在这时，闭着眼睛的父亲又咕哝着冒出一句："拖累了你们哪，我怎么还没死呢？"

我惊呆了，父亲的这句话犹如一枚炸弹在耳边炸裂，坐在昏暗的光线里，我的心被刺痛了，眼泪流了出来。

父亲这一生，大部分的时光都挣扎在生活的苦海中，任劳任怨。才刚刚尝到物质上的甜头，转眼就步入老年，到了需要被人照料的境地。他心有不甘，如卑微胆怯的孩子，害怕拖累了家人。

五

天刚麻麻亮，医院就热闹起来，仿佛所有的人都约好一起起床似的，走廊里到处都是人的脚步声、咳嗽声、说话声，还有盆缸碰撞的声音。

我一夜没睡着，索性坐了起来。刚刚洗漱完毕，一回头撞见同村的张文爷爷推门进来，他拱肩缩背，像一张绷紧的弓，随时要放箭一般。张文爷爷探头探脑地张望一阵，虽然十多年没见他，但我还是一眼认出他来。我迎到了门口："爷爷，我是东华，你这么早怎么来的？"虽然他高我父亲一辈，但也只大了我父亲几岁。平日里，他们几个孤寡老人在村子里打打小牌喝喝小酒，有事总是相互照应。

文爷爷老了，头发全白了，跟我父母一样满脸皱褶，他的胡须很长很白，驼着背，颤颤巍巍的样子，让人看了想哭。不料想，他退后一步回转身，从门外推进来一个轮椅，轮椅上坐着他的老伴姚奶奶。姚奶奶瘦成了一把骨头，凌乱的头发胡乱地别在耳根后，一双手抖个不停。我赶紧走近一步抓住她的手，鼻翼发酸："姚奶奶，你身体不好，还费心来了……"

这些行将就木的老人，自己身体虚弱得仿佛被风一吹就会倒下去，却还惦记我的父亲，他们的老伙伴。

姚奶奶很费力地张着嘴，问候我父亲的情况。她口齿不清，说话时唾液溅在她的嘴唇边上。在文爷爷断断续续的叙述中，我才知道姚奶奶身患多种疾病，有糖尿病、冠心病、哮喘等，一直在这里的五楼住院，已将近一年了，平日里都是文爷爷照顾她。他们本有三儿一女，两个儿子在武汉卖煤多年，一个儿子在北京做早点，女儿与女婿在江苏。俗话说："久病床前无孝子。"他们的那些子女个个都愿意拿钱出来，却没有人肯放下自己的小家，回到故乡亲力亲为地侍候老娘老爹。

漫长的岁月里，这些留守在家的老人们，如果老两口都在，尚且能相依为命，但若一个先走了，剩下的那一个便是孤鸟哀鸣，空荡荡的屋子里，哪天两眼一闭腿一伸，死在家里都没有人知道。一想到这些，我的胸口就像堵上了一块大石头，时时撞击着我的心肺。想起曾经看到的新闻，讲在蚌埠市，一位六旬的空巢老人独自死在家中，一周后散发恶臭才被邻居发现，最悲惨的是，老人家中的狗因为饿急了，把老人的尸首都啃吃了——想到这些空巢老人的遭遇，再看看眼前的空巢老人，我久久不能顺畅呼吸。

父母把我们一点点地拉扯大，像机器一样不分昼夜地运转着，为了儿女为了生活，掏空了身体付出了所有，到了年迈最需要我们

183

这些孩子照顾的时候，我们却以不同的方式、不同的理由把他们抛弃在故乡，独守空巢。

悲凉，顺着心窝蔓延开来，像波浪一层层地再次席卷，呼啦啦地拍打着我的灵魂，一点一点地吞噬着我的神经与思维。

"东华，你爸好可怜呀。"姚奶奶示意我推她靠近父亲的床位，她是昨晚半夜从她儿子打的电话中知道我父亲摔伤的事。此时，我父亲的双眼似睁非睁，他的右手抬了抬，手指动了动，嘴巴咕哝着："麻烦你们呀。"他微微地眨了眨眼睛又闭上，无论我们说什么，他都没有回应，明显是听不到。曾经在鬼门关走了一遭的他，出了很多血，全身多处骨折，他实在是太虚弱了。

"姚奶奶，我爸现在好一些了，他看见你了，他抬手了。"我说道，"你身体不好，就别上楼了。"

"我没事的。"姚奶奶喘着气，歇了一下，仿佛说话是一件很费力的事，她又接着说，"人老了可怜呀，你看我都没有人管……活够了，有时我想，我怎么还不死呢？"

她脸上那种迷茫、失落、呆滞的表情里，其实又有对生的眷恋。

都说养儿防老，可长大的孩子们，一个个走向外面的广阔世界，而把年迈的父母留在家中，任老人孤独地住在空荡荡的屋子，直到某一天油尽灯枯。

字敲打到这里的时候，我想起我丈夫的外婆。2015年春节返乡，大年初一去给她拜新年时，外面鞭炮齐鸣，喜庆满天，而她，却一个人孤零零地坐在老屋墙根，就像是老屋的一块青苔。她满脸菊花褶子，白发蓬乱，身上的黑棉袄花棉裤泛着油光，三寸的小脚上穿着宽大的红花棉鞋。她身边的木制大门，破烂不堪，与外婆一样地站在时光的深渊里。

白内障遮住了外婆余生的光芒。历史的小脚裹住了她，却没有裹住她的孩子们的脚步，她的孩子一个接一个飞到更广阔的天地，到四面八方开枝散叶。

我丈夫的三舅二舅在公路边盖了新楼房，小舅到城里买了房子，他跟我们一样也在深圳打工，只留小舅娘一人在家照顾上高中的孩子。我丈夫还有一个小姨嫁到二十里外的地方。是的，他们一个个都搬走了，却没有人来搬走老外婆，或许，舅舅、舅娘们也不容易，一个个在外面打工，老娘轮到谁家，谁就得请假回来照顾，损失一笔钱财，对于有儿有女生活不易的他们来说，着实是一种压力。

从外婆的院子进到堂屋，地上垃圾袋、牛奶盒、纸巾扔得到处都是，一股发霉的味道飘荡在空气中。脱漆掉皮的黑方桌上，放着一碗没有吃完的干饭，地上扔了一些骨头。我放下提来的牛奶，找来扫把把院子与堂屋打扫了一遍。丈夫则帮忙烧水、修坏掉的水壶，又给她剪长长的黑指甲。外婆听不清我们讲话，她只管絮叨早上是三舅来送饭，年饭是二舅送来的，她昨天拉肚子，还是梅子（我弟媳）送过来的药……说着说着，她浑浊的眼睛里冒出泪花："儿呀，儿呀，我怎么还不死呀？总是拖累了你们！"

她的眼泪顺着脸颊一滴滴往下滚落，站在院子里的我，当时一下子呆住了，鼻翼发酸，热泪盈眶。那时，我想起了《老无所依》这部电影，心中唏嘘不已。

谁料这次相见，竟是与外婆的永别，她于同年九月下旬去世。

六

九点多钟，母亲坐车过来了。我问她想吃点什么，我到对面买。脚步没有跨出病房门，子路乡那边的同宗家人过来了。

自父亲摔伤以来，每一天，都有亲朋前来探望。

"命大呀，算是命大。"来探望我父亲的亲戚朋友，都这么说着，我不知是悲还是喜，心中五味杂陈。在大家的心中，受这么重的伤，还能够睁开眼睛并清醒过来，算是奇迹了。

他们一波波地来，每个人都是一百元两百元地给钱，我姑妈我小舅他们，给的都是五百元，我与母亲一遍遍地说着谢谢。在这个过程中，大家都大声地问询着我父亲的伤情，可惜父亲的耳朵在这次摔伤中，完全聋了。无论我们怎样说怎样吵，他的世界都没有一丝声响。我的电话铃声也不断响起，面对熟悉的或陌生的亲朋好友，我努力地走进回忆，一次次搜索着称呼并解释病况。

十一点钟左右，我哥嫂终于提着包进了病房。一进病房，哥哥就不停地抱怨并解释他不回来的原因。他的头发也灰白了，顶上凋零一片，一米八的大个头也不似以前那么直板。

此时，距离父亲摔伤已经是第三天，父亲有时睁一下眼睛，有时闭上眼睛，无论哥哥说什么，他再也听不到了。想来，这样也好，省得听到一些不该听的，再次受气。

为停工护理父亲，拿钱出来看病这事，哥哥嫂嫂背地里吵了几次架，什么恶毒的话都说得出口，哪怕是互相骂着老娘，只是我们没有亲耳听到，虽然侄女传话给我们，但我们装作不知。最终，哥哥嫂子带着满肚子怨气回来了，但看到亲朋舅舅们都在，他们自然也是发作不得。

说起来我嫂子，我总认为她命苦。中国有句老话说："女怕嫁错郎，男怕入错行。"她嫁给我哥哥真是倒霉，我哥哥满肚子花花肠子，一辈子没有疼过她，更别说对我父母上心。

说我嫂子苦命，最重要的原因是我唯一的侄儿意外死去，这件事一直是她的心结，从那以后，我就感觉她性情大变。说起来这件事，真是桩少有的惨案，一旦提起来，我还是鼻翼发酸。二十年过去了，活着的我们依然处于伤痛之中：一家两个孩子，亲表兄弟俩一起悲惨地死亡，是多少亲人能够承受的悲伤？

那是 2000 年，正值元旦假期，我十二岁的侄儿牛牛早上起床后，执意要去他外婆家，我母亲开始不同意，因为哥嫂一直在外，牛牛从来没有单独去过外婆家。但我父母拗不过孩子哭闹，刚好村里有邻居也带孩子去那一片走亲戚，我父母让邻居带着他去外婆家，并叮嘱道："亲自送到家，如果外婆家没人，你带着他就行，下午再带回来。"

这天，牛牛外婆家正在打糍粑，七八口人忙得热火朝天。据后来大家串联起来的回忆，牛牛先在外婆家玩了一会儿，还问外公要糍粑吃，但忙得团团转的大人们没顾得理他。他就决定去二姐家找表弟理想（我二姐的小儿子）玩。我二姐家离他外婆家并不远，只隔着两条田埂的距离，他认得路，就三步两步跑过去。那时，因为二姐两口子跑到广东打工，他们就把十岁的小儿子理想托付给亲兄弟老四家照顾。

就这样，牛牛与理想玩了大半天，到了晚上，他外婆也没有过去找人。

晚上，天气变得更加寒冷，风很大，刮得很响，门前的灰尘稻草一阵阵飘着，四下一片苍凉。

二姐家新盖的楼房里，烟火味正浓，几个男人们打牌，一群孩子在院子追逐玩耍捉迷藏。玩到兴头上，大一些的牛牛与理想顺着大门楼的木柴堆又爬上了新砌的门楼上。老家的门楼是平房，一般是四块水泥楼板平放在上面。但楼板与两边的水泥墙墩子并没有淋上水泥焊上，而是摊在上面放着。

两个孩子趴在楼板上，身子朝着一个方向，伸头朝着正屋屋檐下的一群小孩子喊："来抓我们呀，来抓我们呀。"

可怜的两个孩子，并不知道此时黑白无常已经拿着锁链站在他们身后。只听得"嘭"的一声响，他们随着楼板翻在地上，楼板把他俩齐刷刷地盖住了，两个孩子当场死亡。

因为这场变故，我嫂子与二姐家从此断了往来，过门而不入。她怕进去闻到儿子的血腥味，她怕触景生情。

中年丧子之痛，让嫂子一夜白头。然而在农村人的观念中，家里没有男孩属于"绝户头"，嫂子虽然结扎过，但那时的手术不过关，后来她又怀孕，本想天遂人愿，能够生下一胎男孩，但造化弄人，她又生了个女孩子，即我的三侄女。

从此，我母亲和嫂子都落下了心结，怕见别人抱男孩，有时又忍不住多望几眼，眼里似乎都是羡慕与妒忌。牛牛离世的头几年，她们还念叨着要去哪里领养一个男孩子，可是哪那么容易呢？往往遇到一点小事，嫂子就变得歇斯底里，骂我哥骂得相当凶狠。有一次，她一边哭一边骂，趁他不注意，竟然抡起劈柴想捶打他的背，偏巧我哥回头看了一眼，这一劈柴竟然劈到他的额头与眼角，当场鲜血直流，她自己吓得跑到县城她二姐家躲了起来。

失去牛牛，让一家人坠入黑暗的苦海，在痛苦中无法自拔，而我父母也非常悔恨，感觉没带好孩子，一直觉得对不起哥哥嫂子。

这天下午，父亲能完全睁开眼睛了，他看着我，清晰地呼唤着我的乳名："东华呀，你啥时回来的?"由于医生不让给他喝水，所以他的嘴唇皲裂起皮，虽然中间我拿棉签为他润过嘴唇，但还是于事无补，起不到多大作用。

看来，他已完全恢复了意识并清醒过来。握着他的手，我欣喜万分，眼泪马上流了出来。父亲的双眼也湿润了，当我姑妈的面孔出现在他的眼前时，他彻底哭了，像个孩子一样，眼泪顺着两边眼角流了许多，我姑妈也哭了。

"我想喝水。"他说。

我拿出手机，在记事本里打一行字给他看："医生说明天才能喝，我打水把你的嘴皮润润。"

"还好，没有摔成傻子。"哥哥没心没肺地笑了起来，嫂子也笑了。

"总算捡回一条命。"母亲坐在床边温柔地看着父亲，终于如释重负地微笑起来。

无论是我的嫂子，还是我的母亲。她们都学会了隐忍伤悲，早就熬干了眼泪。她们不再轻易哭泣，也不再诉说。唯有漫长的黑夜里，她们辗转反侧，低低的叹息声穿过一年又一年的时光，盘旋在生活的上空。

下午，我与母亲坐上晚班车回到乡下。班车在城里兜起了圈子，我打量起我们的罗山县城。比起以往，县城的确发生了翻天覆地的变化，道路加宽了不少，新楼房如雨后春笋般冒起。也许是看惯了南方的绿化带在中间，现在，乍一看绿化带在两旁的店铺前面，我总感觉有点怪异。以往道路两旁破旧的建筑物全都不见了，沿途有崭新的银行、超市、商铺、批发市场、药材市场、农贸市场、酒楼，等等。

车子途经母亲下车的村庄，我并没有跟着下车，我决定先看看公婆。我的婆家与母亲所在的镇隔着三个镇，一路上，车子慢慢地摇着，夕阳挂在远远的山脉上，红彤彤的色彩，慢慢地变淡变无，远山苍茫，树影婆娑。

在外奔波数十年，我的故乡是那么熟悉而陌生。

回到镇上，已经快六点了。我们一家人围在一起吃晚饭，婆婆问我父亲好点没有，我如实地回答了她。还好，她没有像 2006 年那次那样说些难听的话。

晚饭后，我与弟媳骑着摩托车奔向了一条水泥路，路两边长满了杂树茅草，风一吹，就一阵阵地弯下腰，发出哗啦啦的响声。

这条水泥路弯弯曲曲，通向我们的老湾，通向每户人家的门口。改革开放后，这几年农村建设得越来越好，可是年轻人却越走越远，他们大多数搬离老湾去了镇子边沿，有的则去了县城。老湾只留下几个老人们，一年又一年，老人们一个个入土，村子里除了蛙鸣一片外，四野寂静荒芜，零星的一两户人家，晚上亮着灯火，远远望过去，极像夜幕下的磷火。

那时，丈夫生病的二堂哥杨志还住在老湾，他还不到六十岁，早年下过煤窑，后来几年一直在北京卖早点，前几年用手上的积蓄盖了两层楼房。2016 年突然呼吸不畅，倒在地上，经检查发现他的心脏衰竭了，不能自主搏动。打个比方，他的心脏就像一台破旧的拖拉机，"突突突"地响了几声，随时都有熄火的可能。由于家里没钱，他错过了做心脏搭桥手术的最佳时期。

坐在二堂哥的身边，听着他"扑哧扑哧"地喘气，牛一样的声音抽打着我的耳膜。而不明真相的二伯母二伯父，见二堂哥一直闲在家里，一天到晚骂着他，说他好吃懒做，他们说"心大"（这是堂哥隐瞒说的病情）一点不要紧，一样能工作。这世上，但凡做父母的，都希望子女成龙成凤。现如今，这百病缠身的二老，长年在药缸里泡着，一门心思地想着自己的儿子还能出去挣两个钱。眼见儿子总耗在家里"东游西荡"，他们看在眼里急在心上，所以，天天骂。可怜天下父母心。而此刻，二堂哥的儿媳妇怀里还抱着嗷嗷待哺的幼儿，手里还牵着一个三岁左右的女娃。

年已五十多岁的二堂嫂，在郑州一家超市当清洁工，每次儿媳妇打电话说公公快不行时，她都会直接说："我回不起呀，我要回去了家里连下葬的钱也没有，等你爸咽了气再打电话告诉我吧，你爷爷奶奶也一样，不咽气别告诉我。"

他们的儿子，一直在北京一家公司打工，每个月近四千元的工资。二堂哥的女儿娜娜专科才毕业，跟我们一样在深圳打工，用她的话说，除了供房外，多余的一点钱全交给家里了。就因为每个月存不到一点钱，她谈了六年的男朋友了，一直不敢早结婚。

一家人，付柴米油盐等生活费，付老人的医药费，付二堂哥每次突发状况产生的急救费……总之，每月都所剩无几。

跟二堂哥告别时，我塞给他五百元钱，可他死活不要，"扑哧扑哧"地喘着气说："我这病，算是等死吧，别说没钱，就是有钱也救不了我，心脏完全坏死了。每天早上醒来的时候，我就想，我怎么还活着？"

他面带微笑，却是比哭还难看，让人看了异常难受，鼻翼发酸。一个不到六十岁的男人，从年龄上来说，并不算大。可病魔终

191

日缠绕着他。

这个没有明天的人，在两年后的六月份永远地倒下了，再也没能睁开眼睛。此时，正逢北京的疫情反弹，他唯一的儿子无法离开北京，在微信群里告诉了同宗的人，让大家回去帮忙把父亲下葬。血脉近一些的我丈夫、小叔子，还有大伯父家的几个儿子，遂连夜买票赶回老家。

我与弟媳从二堂哥家出来，回到镇上还不到九点半。公公切了个西瓜，婆婆问起我父亲如何护理的事，我说我哥回来了，我白天去就行了。正说着话，家里的电话铃声突然急切地响了起来，是我小叔子从山下打过来的电话，他说同湾的三爷刚吊死在后山的树上，要我公公赶紧回老湾，趁三爷身体尚未僵硬，去帮忙擦身子穿寿衣。

按理，这个早年从北方迁移过来的三爷，不是我们的同宗，他的死轮不到我们家过问，但是由于这些年，他的儿孙都在外面打工，村里的其他年轻男人也不在家，我在家养猪的小叔子，无意中成为村里的壮男人。不管是哪家红白喜丧，小叔子自然而然地成为顶头的人。我小叔子与三爷的儿媳妇一起，费尽力气抱住死去的三爷，众人一起把他解下来。

身边的熟人自杀，这不是个案。比如我丈夫的亲姑夫，八十岁左右，因前两年中过风，行动不便，我老姑妈的身体也差。他们的三儿三女打工的打工，当小贩的当小贩，轮流照顾下，家家有本难念的经，日子久了，有时也会怠慢一下。可能考虑到老了不中用了，又拖累了家人，姑夫便喝农药走了。

七

春霞走进病房时，我差点没认出她来。三年前我在父母家拜年时见过她一次，而今的她"发福"不少，脸上化着淡妆。她长得跟李万能一样，圆脸、小眼睛、小个子。想起她天真烂漫的年月，衣着时尚性感，跟着我在深圳辗转各处，脸上天天挂着笑容，与现在比起来，真是天壤之别。

她看了看床上的外公，问候了我哥哥嫂子，便定定地看着我，看着看着，她的眼圈发红，我的眼圈也跟着发红。在深圳共同生活四年，她跟我有着深厚的感情。后来她嫁给了同乡的一个小伙子，夫妻俩到北京打工，生下两个儿子。加上公婆身体好，在家里做着小生意，家里盖了楼房买了车子。本以为一切都朝着美好的方向奔去，岂料她竟得了不治之症：红斑狼疮。这病需要天天吃药，不能劳累，不能感冒，不能日晒，否则会头发脱落，身长鳞片。可怜的孩子，在长期的药物刺激下，她的身材开始横向发展起来。暂时没有找到轻松的工作，她就待在家里。

李万能与春霞一起来了，他在楼下买了些水果，隔了好半天才上楼。他讪讪地站在我面前，表情窘迫。十几年来的恨在这一刻烟消云散，我的眼睛甚至开始湿热起来。他又黑又瘦，头发乱糟糟的一团，往昔的油头粉面不见了，西装革履也不见了，活脱脱一个农村小老头。他一条裤腿邋遢地垂在脚踝，另一条裤脚高卷，小腿上掉了一块皮，鲜红的血往下渗，听说是下车时剐在汽车门上了。我赶紧拿出棉签给他，让他擦擦血。

他养情妇的头几年，正是春风得意马蹄疾的时候，受了刺激的大姐要"拖"他，不愿意离婚。后来她想通了要离婚时，我们张家就请了律师，双方在乡里一个空旷的地方碰面交谈。那时，李万能的二哥在乡政府上班，他不同意弟弟离婚，他一脚把李万能踹在我父母面前跪下了，让我父母看在三个孩子的面子上再给他一次机会。那时李万能的钱财早就被情妇掏空，而且因几场豪赌欠了别人几十万外债，还把十三口大水坝全部输给了别人。

从此，他们家失去经济来源，经济状况一落千丈，"一掷千金"的生活飘远散去，成为历史。

反省自律的这几年里，李万能努力地想弥补亲情，捡了许多田地来耕种，先是我那心软的父母原谅了他，接着曾大骂他"老狗种"的儿女们也原谅了他，再后来我大姐也原谅了他，并与他一起携手共进退。

而今，当他活生生地站在我面前，目光躲闪愧疚，我这个曾经也骂过他"禽兽不如"的小姨子，又有什么理由不能原谅他呢？生活，总得要往前看往前走。

躺在床上的父亲，没有什么力气说话，他指了指李万能，口齿不清地说："你太忙了，别来医院。"李万能痴痴呆呆地说着好，往昔的锋芒早已不见踪影。

这天中午，我们一起下楼吃了一顿饭，也交谈了许多家长里短。我劝他好好干，不能再赌了，他唯唯诺诺地应承着。这时，我嫂子也说起了我哥哥爱赌的事来，我对她说："把钱看紧，一分钱也莫给他，让他拿命赌。"

我哥哥在旁边龇牙咧嘴地笑。说实话，我知道他有一万种办法可以骗可以偷到嫂子的钱，但是我作为亲妹妹，又如何忍心揭穿哥哥的那些鬼把戏从而引起他们的大动干戈呢？

就连大侄女都说："我妈抱着存折，存折是我爸的名字，身份证又在我爸的手上，我爸分分钟都能挂失，没准那些五万八万的存款都形同一张废纸。我妈太抠了，老是存钱，手上都几十万了，不舍得吃不舍得穿，还得了一身病。"

是的，在北方做早点，长时间都是凌晨起床，零下二十摄氏度的天气，寒冷的风像刀子一样，早就把高血压、心脏病、风湿骨等疾病"种植"在嫂子的身体里。也许，唯有钱才能带给她安全感。

八

5月17日早上，来查房的医生说我父亲可以喝水可以吃粥了，我们听了很高兴。一会儿白开水一会儿牛奶地交叉着喂父亲，期盼着他早日康复。

母亲从家中提来鸡汤，他会喝上小半碗。有一次晚上，小舅娘还送来一碗排骨汤，父亲也喝了不少。

父亲慢慢地有了自己的要求，想吃点面条或粥，我们都尽力满足，但我们说什么他还是听不到。好在他的视力尚好，我们把要说的话写在纸上或手机上，他看过后便一一回复我们。

他的头部依旧不能动，每次喝水或者喝粥，都是仰着嘴，靠我们一小勺一小勺地喂下去。

我哥哥为父亲端尿擦屎，虽然颇有微词，但也算是尽了孝心。我白天在医院的时候，他尚可盯着手机哈哈大笑，有时东游西荡地到处转转，半天不见人影。晚上他守床，伺候好父亲后，他倒头便呼呼大睡。

二姐与二姐夫，依然没有前来探望父亲。二姐在电话里跟我解释，她第一夜照顾父亲时患上了感冒，反正我与哥哥还在医院，人手足够了，我也没有多理会她来与不来。

医生通知哥哥交住院押金时，他又去交了三千元，他嚷嚷着说再没有钱了，这是他露面以来第二次交钱。这期间，母亲不在时，亲朋探望父亲给的钱，他都第一时间拿在手上，并没有交给母亲。第一次他拿出来三千一百元，还给我小舅，加上二姐也有交过两千元，前后共交出八千一百元，此时才刚刚 18 日。

在后面的交费过程中，我哥哥盘算着这几天亲朋给我母亲的钱，背着我承诺母亲说先拿钱出来，等出院报销时，全归母亲就行了。母亲跟我说起这些事时，我嗤之以鼻。

哥嫂这样的做法，跟 2006 年父亲住院时其实没什么两样。平日里他们从来不拿赡养费给父母，不仅如此，还总惦记着我们这些女儿给了多少，那些亲朋户族家有红白喜事需要随份子钱，他们常常装聋作哑，有时高兴起来又随机为父母"报销"一些。我的父母断然不肯为了日常用度与儿子撕破脸皮的，生活过得再苦，也硬撑着，不肯张口问儿子儿媳要钱。

父亲一天天好转，除了还有些发晕与头痛外，饭量一天比一天好，慢慢有了胃口，可以吃干一些的食物了，有时还能吃点馒头与鸡蛋。

1 号床的周大爷，他的护理人变成了儿子与儿媳，他儿子的脾气可没有他姐姐好，天天暴躁地训斥父亲。

他的父亲一直傻笑。"嘿嘿"的笑声在病房里回荡着，萦绕在我的脑海中。

面对我的老父亲，我的哥哥也是脸黑腮鼓，他急着要回秦皇岛，口口声声地说："再不去，摊位让人抢了，客人全跑光了。"好在，我的父亲一点也听不到。

我一再劝着哥哥，让他小声点："咱爸虽然听不到，但你的脸色这样拉着，咱爸看得到，他的心里岂能不明白？不要这么大声，外人听了也不好。"哥哥这才有所收敛，但转眼他又忘了，一来了亲朋，他就大声嚷嚷着说想走，可是父亲那时隔一天就要楼上楼下地拍片子进 CT 室，推着移动床，我们两个人都难以招架，更何况父亲还不能起床，一起床就头痛得天旋地转。

我天天在内心祈祷：愿每一个生病受伤的老人，床前都有一些温柔的儿女。

日子一天天地过去，嫂子为了照顾还在上高中的小侄女，先回到秦皇岛。中间替我代班的同事知道我父亲没事了，天天在微信上发脾气催我，说太累了不肯代班。22 号我也回到了广东，但我万万没有想到，哥哥后面不肯再照顾父亲，到了 29 号，哥哥执意要走，说父亲能慢慢下地扶着墙走路了，没以前那么麻烦。他让母亲打电话找二姐去照顾父亲，说实在不行就按法律来，要求每个儿女轮流照顾。话说到这份上，亲情似乎变味了。

母亲又赶紧打电话告诉我，说我哥要走了。

我与父母，打从父亲摔伤住院开始，都努力试图把这场伤势与大姐一家撇开，有次李万能塞给我母亲一些钱，我母亲看也没有看就又塞进他的口袋里。母亲知道大姐一家的状况是：还债还债，还不完的债。对于我家的情况，我母亲也知道，我们还贷款的压力也不小，但母亲一直以为我们在外面混得不错，有能力，一定能还得清贷款，所以她与父亲从来不担心我们。看我们还有班上，有崭新的楼房汽车，父母一直以我为荣。

我一次次地面带微笑，安慰着看起来那么弱小的母亲："你哭啊子？你哭啥子？你还有我呀，我找她们去。轮流来就轮流来，谁也跑不掉，照顾父母是天经地义的事。"

我打二姐电话，告诉他哥哥要走了，该她去照顾父亲几天了。

二姐在电话里提到大姐，说让大姐先去照顾，最后再轮到她。我知道她的意思，她想着大姐再照顾几天，父亲也许就能出院了。

我一再提醒她，不要打扰大姐，她手上还有一个不会走路的孙女，谁来带？她家里经济状况又不好，还在请人插秧。二姐张嘴就说："我两个地方的生意，离开一个，就会被人抢走的。"

"你可以暂时停一个摊位，你还有二姐夫的那一个摊位呀，少赚点怎么啦？你们次次都这样的，老是不照顾父亲，上次还能指望咱姑妈，可现在咱姑妈也老了呀。"我火了，在电话里吼她，"咱哥要走了，轮流来也该你了，啥也别多说。"

"大姐家那个不会走路的孩子，可以给春霞带几天。"二姐说道。那一刻我累极了，想着在这一场护理里，我们每一个人都是那么令人寒心，我们每一个人都在不知不觉中撕咬对方，撕咬相关的人。可怜的春霞，可怜的孩子，可恨的红斑狼疮终其一生地缠绕着她，她天天都得吞下那些药片。一想到这里，我就心生不忍，我不想因为我们姐妹间的义务扯上不相干的下一代。

"其实，这是最好的办法。"二姐以经商的头脑说道，"咱们都说大姐可怜，好，不找她。轮到我的时候，我请人照顾，我出钱，一天一百元，可是请外人你们放心不？这钱我来付给大姐行不？我不告诉李兵，偷偷给大姐这钱总行了吧？"

请外人？我肯定是不放心的，父亲好不容易救活，万一请个不了解的外人，把父亲弄得重新卧床怎么办？这事谁担得起？二姐同样不放心外人，所以，在我们一再的要求下，她说出了不是办法的办法。

"你天天赚钱，往少说每天也有两千吧？大姐也不是外人，她家又可怜，你每天给她一百五十元吧，她还要在医院吃喝呢。我估计最多十天，父亲就可以出院回家休养了。"

"行，一百五十元就一百五十元，我只能偷偷给了，瞒着李兵，你们都不要说出去。"

事情的结局可想而知：春霞代替我大姐照顾她的小侄女，而我大姐则天天守在医院里。似乎，这就是最完美最理想的结局。

九

5月21日那天黄昏，我与母亲从县城医院出来，我回到了生我养我的村庄。从公交车上下来，我们踏上了一条弯弯的水泥路。这条路，五六年前还是黄泥巴路，路上坑坑洼洼的，晴天尘土飞扬，雨天泥泞不堪。这条路，承载着我童年的许多美好回忆。那时候，我们小伙伴又多，三五成群，拉帮结派，今儿与这个和好，明天与那个闹矛盾；我们在这条路上，滚钢圈、打扑克、弹钢球、跳皮筋、堆雪人、打雪仗。一到春天，这条路的两旁，到处都是芽孢、茅针、桑葚，我们的童年因为这些野生零食的补充，格外幸福。

初夏的夕阳跟着我们的步子，慢慢地在山冈上移动，有鸟儿不时冲天飞起，蛙蝉组团合唱，衬得大自然更加静谧，所谓"蝉噪林逾静，鸟鸣山更幽"。路两旁的田地上种着高大的白杨树，比起闲置，外出打工的农民在这里种上树，还算是有头脑的，几年过后，回来卖树也是一笔收入。

不时出现的村庄，就像是从路的藤蔓上伸出来的枝丫，楼房林立，可惜没有听到鸡鸣犬吠，没有看到牛羊成群，更别提看到小孩子了，就连小时候常见的一缕缕炊烟，现在也没有了。

一切，都在不知不觉中发生了变化。

从村头走到村尾，守在家里的老人几乎都是母亲的同龄人，个个都是七十岁以上。村头的科大妈前几年死了老伴，她孤零零地站在自己家的门口，风一吹，萋萋的青草就将她小小的身子淹没，她的两儿三女，有在武汉的，有在上海的，都搬进了城里。

紧接着就是二伯母、胡大嫂两家老人，他们不是带孙子就是带外孙，儿女也都在外打工。

母亲的邻居，陈大嫂与张大哥，头发全白，牙齿掉光，跟我说话时露出一口假牙，他们比母亲还大两岁，有一儿一女，一个在郑州，一个在北京。看到我时，他们很是兴奋，站在自家宽阔的楼房前，絮叨着："村里就剩下我们这些老家伙了。"

走过去，是一户姓汪的人家，除了老两口外，他们的四儿一女分散在祖国的四面八方。他们跟我们一样，除了过年回来看看外，平日里也只是靠电话联系。这户汪姓人家，本来还有一个弟弟汪老二，只可惜几年前汪老二生病，在武汉打工的儿女不给钱治，他一气之下就上吊了。这汪老二还有一个老婆姓杨，我们叫她表奶，表奶双眼患了白内障，看得不太清楚，想做手术没有钱。她在心凉之余，赌气嫁人，六十多岁的人，找了个六十多岁的老头子，结果对方的儿女死活不接受她。无可奈何之下，她又回到我们村，住在早年做牛圈、后来放木柴的瓦屋里。一个冷冷清清的秋日，她喝了农药，死在瓦屋里。

再往前走，就是去医院看望过父亲的文爷爷的家，他小儿子新盖起楼房没几年，他与姚奶奶一直住在里面。只是，姚奶奶于2018

年 5 月 19 日下午在县城医院驾鹤西去，没有一个儿女在身边送终。看着她咽下最后一口气的，是陪伴了她一生的老伴。一场丧事办完后，她的儿女们都回到各自打工的地方。从那以后，文爷爷就孤单地住在这个新楼房里。没事时，他就背着双手从村头走到村尾，再从村尾走到村头。或者，来陪着我父母坐一坐，喝喝茶。父亲在这次摔伤后，耳朵彻底聋了，他看着文爷爷的嘴一张一合，也只是"嗯呀嗯呀"地回应着。后来，文爷爷没有到我们家来串门，我父母慢慢地来到他家，发现他坐在椅子上，已经去世了。

接着数下去，是哑巴老叔、刘娘、李伯母……我不能再数下去，数着数着我的双眼就会蒙上一层水雾，什么也看不清了。我婆家那边，又何尝不是如此呢？沿途的几个村庄里，不是老人就是小孩，几乎看不到壮年人。

我曾经生活的村庄，看不见炊烟，也少有儿童，就连狗吠似乎也消失了似的。

池塘前的那一片片水田伸向远方，除了冰冷的机器按季节收割与播种外，再也没有"骑牛远远过前村，短笛横吹隔陇闻"的诗情画意了。在这片泥土地上，小时候的我们曾捉蛇、捉泥鳅、捉黄鳝、捉乌龟、打泥仗，大人们则在旁边插秧唱歌，说荤段子打闹嬉笑。而今，只有在回忆的镜头里，才能捕捉到这番热闹的情景。

池塘的左边，有一块晒场，随着改革开放，技术进步，工业机械加入农业生产的过程中，晒场算是退出了历史的舞台。看着那个大石磙子遍布青苔被藤蔓缠绕，我的眼前浮现出秋收过后的一番情形。这片晒场上，不仅晒过五谷杂粮，也晒过我们童年的许多欢乐，我们在厚厚的麦秆或稻草上打滚、翻跟斗，也曾在草垛里掏过鸡蛋、追赶过麻雀。只是晒场上现在长满了荒草、刺条、小槐树。

曾经欢乐的劳动场面埋藏进岁月的深处，沉寂下去；曾经的热闹是那么遥远，一切都一去不复返。

站在村尾的山冈上，看到一片片明亮硕大的太阳能接收板整齐地摆放在地上。不知哪来的一群工人，安装的安装，卸货的卸货，车辆来回穿梭。

十

这些年，我们在大时代生活的潮流下，背井离乡，通过自己的努力谋求了一些进步与幸福。随着科技、经济的发展，也挣到了一些钱，但是最终我们会发现，我们同时也失去了很多东西。面对日渐萧条、荒废无人的农村，我们最终将走向哪里呢？

夜深人静的时刻，想到年老的父母、病恹恹的父老乡亲，他们拖着病痛的身体，在村庄里发不出来一丝声响时，我就陷入一种自我拷问的情绪之中。

有谁，能陪伴、抚慰他们的余生？